文芸社セレクション

さだまさしく天才論

～続々　耽游疑考

佐々木 保行

SASAKI Yasuyuki

文芸社

目次

一、さだまさしく天才論　～初期作品に見る魅力拡大の軌跡

『さだまさし解体新書　ターヘル・サダトミア』（２０２４年　さだまさし研究会　大和書房）という本を買って読んだ。なんでも早稲田大学はじめ多くの大学に「さだまさし研究会」なるものがあって、さださんの作品に魅せられた学生や卒業生らが研究をしているらしい。本格的な研究者も加わって書かれたこの本もその研究成果とも言えるもので、なかなか興味深い。私がさださん関連のものに接するのは、実に40年ぶりのことでもある。１９７４年にメーカーの工場で原価管理をしていた頃、新入女子社員の歓迎会で、その女性が「最近流行っている歌です」と言って、歌ってくれたのがグレープの『精霊流し』だった。以来、私もグレープには関心があって、次々出てくるヒット曲のカセットテープを購入して、買ったばかりのマイカーを運転する時にはよく聴いていたりした。しかし、１９７６年にはなぜか解散してしまい、さださんは独立して活動するようになっていた。グレープ解散後のさださんの作品についても、『さだまさし　全曲集』（１９８２年　新興楽譜出版社）を買って、楽譜を見ながら楽しんでいたし、さださんのエッセイ『さまざまな季節に』（１９８３年　文春文庫）も読んでいた。しかし、その後は、なんとなく興味が他のことに移ってしまい、さださんから遠ざかってしまっていた。それでも、時折耳に入ってくるさだ作品を聴くこともあって、元さだファン（今は自称「一人さだ研」）としては、ああまだ活躍しているなあ、と安堵したりしていた。

そして、驚いたことに、90年代の終わり頃か、21世紀に入ってからか忘れたが、予てから私が「この人は天才だ」と思っていた〈中島みゆきさん〉とさだまさんが、合作した『あの人に似ている』を聴いた時だった。こんなことが、できるのか！　しかも素晴らしい音楽として。中島みゆきさんについては、感激することが多く、拙著『私の見た昭和の風景～耽游疑考』のなかで「すばらしい日本人音楽家」でも取り上げていた。それにしてもこの曲は、同時代の（北海道と九州に生まれ育った）二人の天才男女が、奇しくもこの世界で巡り合い、お互いの才能を認め合ったからこその作品である。クラシックのオペラなどでは、似たような設定の歌があるが、二人の合作による作詩・作曲では、類を見ない奇跡的としか言いようがない。この曲の説明などせずに、まだ聴いていない方には、是非とも聴いていただきたい一曲である。

ともあれ今回、『さだまさし　解体新書』を読んで感じたのは、私が知っている「グレープ解散後76年～82年前半」のさださんの初期作品に、さださんが今日まで優れた作品を作り続けられる秘密があるのではないか、との思いである。本稿を書いた動機は、さだ研究会の研究でもうすでに解明されているのかもしれないが（残念ながらそうした研究に接する機会がなかったので）、私なりの迫り方ができないか、と考えてのことである（もし、解明されていたり、的外れだったら、ごめんなさいと謝るしかない）。

1　グレープ時代の作品の特徴

ここでは、グレープ時代（74～75年）の代表的な作品12曲について、考えてみることにしたい。

12曲：『精霊流し』『無縁坂』『縁切寺』『掌』『僕にまかせてください』『雪の朝』『哀しみの白い影』『ほおずき』『あこがれ』『追伸』『朝刊』『フレディもしくは三教街』

（1）作詩における特徴

①**別れ（死・失恋・その他）を題材**にすることが多い。従って哀しみ（悲しみ）表現がとりわけ秀でている。

（『精霊流し』『縁切寺』『掌』『哀しみの白い影』『ほおずき』『あこがれ』『追伸』『フレディもしくは三教街』）

しかし『僕にまかせてください』では、彼女の亡き母の〈墓前での結婚報告〉という設定で必ずしも手放しの喜びでもなく、やや憂いを帯びている。また新婚の生活を描いた『朝刊』でも、妻をひたすら愛おしみ心配する様子が描かれていて、喜びとは異なる空気感を漂わせている。

時にやや絶望的な悲しみとも取れる表現も目立っている（『精霊流し』『掌』『フレディもしくは三教街』）。

②**主人公を「女性」に設定**して、その気持ちの奥深くに入り込んで描くことができている。『精霊流し』『掌』『あこがれ』『追伸』『フレディもしくは三教街』、これでは演歌で女心を描く男性作詞者も顔負けである。

③**場面設定では、〈思い出の場所に再び来ての回想場面〉**に特徴あり（『無縁坂』『縁切寺』『ほおずき』）。

④**「死」をテーマ**にした作品（『精霊流し』『フレディもしくは三教街』）を厭わず、物語性を重視している。

⑤**季節**（春『縁切寺』『僕にまかせてください』、夏『精霊流し』『ほおずき』、冬『雪の朝』）や場所（長崎『精霊流し』、東京『無縁坂』『ほおずき』、鎌倉『縁切寺』、中国『フレディもしくは三教街』）を特定して、具体性（イメージが鮮明に出てくる）を帯びさせる効果を出している。

⑥**対語・類語・繰り返しや擬態・擬音語の組み合わせを採用**して、語感の印象を高める効果を引き出している。『無縁坂』（運がいいとか悪いとか、忍ぶ不忍）、『掌』（ためらいに疲れてため息つく、ついてるついてないと、哀しみの数の方が自分の歳よりも）、言葉の繰り返しでは『哀しみの白い影』（ゆらり、ふたり、ひとり）、『ほおずき』（止まらずに、背伸びして）、『あこがれ』（せめて、さよなら）、『朝刊』（だからさ）など多く見られる。
⑦**題材に、家族・親戚・友人の実話を取り入れる**ことが多い。『精霊流し』（従兄とその彼女・叔母）、『無縁坂』（母）、『フレディもしくは三教街』（伯母）とこの時期はやや私小説的な世界が多い。
⑧**題名は、作品中に使われた言葉**がほとんど。例外は、『追伸』（口に出して言えないことを手紙に託した、その追伸がオチ）、『朝刊』（朝刊の記事内容が一部に取り入れた）。
⑨**ストーリー性を重んじる兆候**が出始めている。長編では『フレディもしくは三教街』、短編でも『無縁坂』『朝刊』、失恋の前後『縁切寺』『ほおずき』に見られる。
⑩**印象に残る単語を用いる工夫。**『ほおずき』（アセチレン、走馬灯）、『フレディもしくは三教街』（バンド、ランデブー、アームチェア）曲にアクセントを持たせる効果が出せる。

（2）作曲における特徴

①**バイオリンやギターの演奏技巧を活かした前奏・間奏**に誘導された曲作り（曲全体の雰囲気作りも含めて）の妙が窺える。染み入るようなバイオリンの音色や分散和音で、さださんの世界に引き摺り込む力は、抜群である。

バイオリン：『精霊流し』『無縁坂』『追伸』

ギター：『縁切寺』『掌』『僕にまかせてください』『ほおずき』

なお、『あこがれ』の前奏は、クラシックのチャイコフスキーのピアノ協奏曲がややヒントか？

②さださん自身の特徴である憂いのある「**高音域**」**や**「**ロングトーン**」**が多用**されている。必ずしも悲しい曲ではない『雪の朝』でも静かでしんみり感を出せている。さださんの独特の高音は、女性が歌っても丁度いいくらいの音域でもある。女性の失恋の『掌』を歌う森山良子や高橋真梨子のカバーで証明されているし、男性の母親思いの『無縁坂』を歌う森昌子もとても雰囲気が出ている。そして、あのロングトーンである。この技法は、一体どこから生まれたのであろうか？　①の楽器演奏と同様に　②のように自身の喉に「独特の武器」を持っているさださんならではの

作曲技術が、「語るようにメロディーを生んでいく」スタイルが、生まれつきにして備わっているとしか言いようがないのである。

③**サビの高揚感の活用が際立っている。**『精霊流し』（約束通りに～、そしてあなたの～）では、サビが2段階で出てくる驚き。『無縁坂』（運がいいとか～）ではサビで終わったかに見せて、終わりに歌詩がなくともいけるところにとどめの歌詩を入れて締める妙。『縁切寺』では、最後の最後に「縁切寺」で締めて見せる妙。『掌』では、救いようのない絶望的・虚無的な終わり方を選択する妙。『僕にまかせてください』では、初めは少しずつゆっくり捲り上げる流れから、サビで一気に曲のクライマックスを導き出す妙。『哀しみの白い影』では、フィナーレに擬態語の繰り返し（ゆらり、ふたり、ひとり）で儚さ・幻想感を出す妙。『ほおずき』（止まらずに、背伸びして）『あこがれ』（さよなら）『朝刊』（だからさ）でもサビで繰り返し語で決める妙。『追伸』ではサビで「風に頼んでも無駄ですか」と空想的な言い回しを用いて効果を引き出す妙。これらは、さださんが「只者ではない」ことを初期段階から証明して見せている。

④**日本語アクセントから、故意に外すことによる斬新な効果。**『僕にまかせてください』の（その手〈に〉、花〈を〉、小さ〈な〉、母さ〈ん〉が、ね〈む〉って、摘〈み〉ながら、ふ〈り〉かえると）こうした工夫が、却って曲のユニークな味わい

を高めている。

2　創作活動における重要な要素

一般的に、優れた創作活動を長年にわたって続けていける人の特徴的な要素は、

（ア）**優れた「感性」**を持っていること

（イ）**「感性」を具体的な形にする様々な道具を持っていること**（できうるなら道具を備える工房）

（ウ）**創作する「情熱」「パワーエンジン」を持っていること。それは「感性」と「道具・工房」を相互作用によって、拡張・充実させるエンジンであること**

これらが、備わっていなければ、たとえ単発または短期的なヒットを創作できても、長続きするものではない。逆にそれが備わっていれば、自己増殖的に継続可能になるし、増殖の方向に多様性があればあるほど、様々なパターンへの発展増殖が可能になる。

私は、前項において、さださんが、並外れた作詩・作曲の「感性」を持っていることを垣間見たし、その「道具」の一部も少しだけ見ることができた、と思っている。しかし、次項以降で見るように、自己増殖し続けているさださんの「限界知らずの感性」と「様々な一級の道具を揃えている工房」が、さださんの体の中にあることを発見することになる。そして、それらを生み出していく「情熱・パワーエンジン」を弥が上にも感じてしまうことになる。

「マルチ人間＝さだまさし」の本領発揮が、年とともに巨大化しているのである。

3　FIRST ALBUM『帰去来』での実験（試行錯誤）

グレープでの作詩作曲・コンサート活動で、しっかり手応えを感じたはずのさださんは、敢えてグレープを解散し、独立して新しい道を模索することになる。この76〜77年初めに出されたALBUM『帰去来』には、その試行錯誤ともいえる苦悩が読み取れる。

グレープ時代の方向性を受け継いだものは、次のようなものである。数字は

ALBUM収録11曲の内訳（重複あり）
作詩面では①哀しみ表現（8／11）の秀逸さ、②季節感の打ち出し（5／11）、③ストーリー性の尊重（長編1、短編8＝計9／11）、④独特の言い回し（ほぼ全作品）、対語の採用『転宅』（潮の満ち引き～）
作曲面では　①ギター・バイオリン演奏技巧を用いた曲の雰囲気作り（4／11）、②ロングトーン・高音域の多用（ほぼ全曲）
しかし、これだけでは、限界が見えているのは自明のことだった。それに気がついていたさださんは、かなりの工夫をして実験的に試みている。

⑴　作詩面では

①**題名への相当なこだわり**を見せている。
（イ）　歌詩の中に含まれない象徴的な題名の採用：『多情仏心』『冗句』『第三病棟』『夕凪』『転宅』
（ロ）　日本語の題名を外国語で歌詩で採用：『異邦人（仏：エトランゼ）』
（ハ）　象徴的場面に関係する題名の採用：『線香花火』『童話作家』『胡桃の日』『絵

はがき坂（＝場所の特定でもある）』

②**歌詩の中に〈比喩〉を多用**することで、イメージの深さを表現している（後述）～

例外は長編実話は比喩なし。

ここで比喩について、付言すると、比喩の仕方では、単純に（A）「～みたいに」「～（の）ように」といったものから、（B）情景や心情を何かに喩えた語句を持ってきたり、二通りの態様がある。

（A）の例：『多情仏心』（竹蜻蛉・シャボン玉：あなたとの愛みたいに……落ちた・消えた）、『線香花火』（きみへの目隠しみたいに）、『転宅』（鬼の過ぎるのを待つみたいで）、『指定券』（仔鹿のように）、『胡桃の日』（まるで胡桃を素手で割ろうとしているようで）

（B）の例：『異邦人《エトランゼ》』（＝仲間はずれ的）、『冗句』（言葉は奥歯にしがみついて）、『夕凪』（風が止まる、夢が止まる）『童話作家』（思い出という消しゴムで消して）、『転宅』（人生は潮の満ち引き続き）『絵はがき坂』（あなたの時計　ああ進み過ぎました）、『指定券』（季節外れの指定券）

これらの比喩は、作品に奥行きを与え、想像力を掻き立てて、効果的な手法であり、さださんが比喩の多用で作品の幅を広げたことは確実と言える。

③**言い回しの工夫**では、数を数える『線香花火』、韻の採用『異邦人』（たどり、たぐ

り、ひとり、おわり）、繰り返し『冗句』（このまま、いっそこのまま）、『夕凪』（繰り返す、繰り返す）

④**歌詩の中に、アクセント**をつける技法を採用：『異邦人』（ホラ、エトランゼ）、『絵はがき坂』（ああ）、『指定券』（同）、『胡桃の日』（カラマツ、ルリカケス、胡桃）

⑤**コミカル路線の発見**〜グレープ時代の『朝刊』で垣間見られたコミカルな雰囲気はどうやらさだまさしさん本来の明るい性格からかもしれない。好きな彼女になかなか告白できない自分を描いた『冗句』やおそらくは自身の実体験から出ている長編『転宅』のペーソスの中のユーモア。

⑥同じくグレープ時代に見せた**実話に基づく長編ストーリー物**『フレディもしくは三教街』に続き、『転宅』での家族の悲喜交々は、曲とのマッチングでも進化を見せた。

⑦**題材の領域を拡大**しようとの意図が見られるのは特徴的である。例えば、ALBUM名の『帰去来』は、陶淵明の官職を辞して帰郷する歌を引用していることや、『多情仏心』は仏教の教えであり、こうした中国古典や仏教に由来するものに題材を求める姿勢は、さだまさしさんの日常的な関心が、こうした古典などに深く結び付けられた「感性」でもある証左とも言える。

⑧また**季節を感じさせる歌詩**では、グレープ時代に見せた**地方の風物詩**「精霊流し」

「ほおずき（市）」や名産品「カラスミ」などの民俗・風習などへの関心は、『多情仏心』の「竹蜻蛉」、『線香花火』（これも「精霊流し」の後の行事と言えなくもない）、『第三病棟』の「紙飛行機」、『指定券』の「紙吹雪」、へと連綿と繋がっていく。

⑨時に**歌詩の最後の「オチ」を用意**しているものも見受けられる。『線香花火』の「ポトリと落ちて、ジュ」、『冗句』の「それじゃ、また明日ね」、『絵はがき坂』の「ああ、さよならですか」、『指定券』の「季節外れの指定券」
さださんが、学生時代に「落研」に所属していたというが、だからというよりは、そもそもそうした茶目っ気を持ち合わせていたのだろう。

⑩**曲の中に「セリフ」を挿入**することで、アクセントをつけることを試みている。
『異邦人《エトランゼ》』の「意地を張るから～」

（２）作曲面では

作詞と比べると、大きな飛躍はない。相当に苦吟しているはずである。わずかに見えるのは、

①**小さなアクセントと言える部分を曲中に**入れ込むことであろう。『線香花火』の「君の願い〈はあ～～〉」のような揺らぎや「煙に〈む〉せたと」短い高音を挿入して、変化を持たせるなど。『異邦人《エトランゼ》』の「ホラ」も短い高音挿入の例。『指定券』の「せめて〈も〉のー」は短い高音の後にロングトーンを組み合わせている。

②**作曲を渡辺俊幸氏が行って異なる雰囲気・技法を学ぼうとしている**ことも見える。渡辺氏は、軽いテンポでリズミカルな曲も得意そうだし（『冗句』）、独特のフレーズ（『夕凪』の「足跡が〈～〉悲しいと」）、連続音で斬新さを生み出したり、さださんには見られない味を出している。さださんの作曲は、それまでほとんど、スローテンポで歌詩を味わわせるように仕向けられている。その意味で『胡桃の日』は、速いテンポでチャレンジングな曲である。

③**バイオリンの技巧**は、やはりグレープ時代からの継承で、『転宅』では、なかなか厚みのある前奏である。この曲では、歌詩を見ると、悲喜中立的ではあるが、曲調はE-minorで哀愁漂い、それが格調を高めている。

このように、作品を全体的に観察してみると、グレープ時代のような傑作は、すぐには生み出せない「苦難」の1年といえる。それが、地下のマグマ溜まりで、次の爆発を待つかのように、静かに脱皮の準備をひたすら進めていた。

4　ALBUM『風見鶏』（77年）のヒット連発は偶然ではない

このALBUM『風見鶏』の成功を一言で言えば、それまで培った作詩レベルをさらに維持向上させながら、作曲レベルを飛躍的に発展させ、作詩とのマッチングを抜群に高めたことだと思う。本当にこの年は、秀作揃いの当たり年である。

(1)「本歌取り」(的)手法

ここまででも、さださんの「創作活動における重要な要素」である「道具・工房」の充実ぶり（とりわけ作詩において）に驚嘆するのであるが、前項の『帰去来』や『多情仏心』で見られた、「古典」などからの題材の着想には驚くしかない。『飛梅』は、太宰府に左遷された菅原道真にまつわる「飛梅伝説」に由来し、『セロ弾きのゴーシュ』は同名の宮沢賢治の短編小説に由来している。また、『もう一つの雨やどり』は、同じ77年にシングルでリリースされた『雨やどり』の姉妹編であり、偶然の出会いで知り合った彼のことを「ユーモアたっぷり」に後者で描いているのに対し、前者はプロポーズされた女性が自らをこれまた「自虐的かつユーモアたっぷり」に描き、同じメロディーにのせて歌う手法は、心憎いばかりである（後述の『関白宣言』と『関白失脚』もこの手法に則っている）。このように、「本歌取り」（的）手法での作詩技術は、このALBUMでさださんが切り拓いた境地であろう。これは、作曲面でも同じ『セロ弾きのゴーシュ』で、有名なサン＝サーンスのチェロ曲『白鳥』を引用して、展開していることにも繋がっている。ただ因みに『つゆのあとさき』は、永井荷風の同名小説があるが、直接的な関連性は見受けられない。

（2）コミカル路線の進化

『もう一つの雨やどり』は、『雨やどり』と同様に、特にコンサートでは「笑い」を誘う逸品となっているが、さださんの話法のうまさと相俟って、前奏を聴いただけで、拍手喝采となる。これまでもコミカルな作品はあったが、一段とギアを上げている。この手のコミカル作品は、長編化して引き継がれていくことになるが、それにしても筋書きは聴衆を飽きさせない「ギター伴奏とのマッチング」という高度の技術があってこそのヒット曲でもある。

(3)「ギター演奏技術の主導による曲作り」の高度化

これは、メロディーの枯渇化を防ぎ、様々な着想を引き出す源泉ともなっていることを認めなければならない。『最終案内』『きみのふるさと』『思い出はゆりかご』『桃花源』『晩鐘』を名曲に仕上げたのは、他でもないこのギター技術があるからであろう。弦楽器では、『飛梅』のとてつもなく暗い低音(まるでシューベルトの『未完成』の出だしのような)の弦楽器効果もまた抜群である(どんな悲劇が始まるのかと息を呑んでしまう)。

(4)「サビ」での「歌い抜け感」

これがとてつもなく優れていることが、曲を名曲にしている大きな要素になっている。『最終案内』の「あの頃は止まれとさえ祈った時間を~、手荷物はベルトコンベアに流れて～」とサビを繰り返すテクニック、『つゆのあとさき』のサビ前の「めぐり逢う時は花びらの中～」からサビの「つゆのあとさきのトパーズ色の風は～」への高まりの妙、『飛梅』の「登り詰めたらあとは下るしかないと、下るしかないと気づかなかった」と言葉を重ねて効果を高める技の凄さ（最後の締めの「天神様の細道」と静かに終わることでのサビを高める効果）は、歌詞とメロディーの相乗効果以外の何ものでもない。

（5）「ほのぼの路線」への拡大

『桃花源』は、これまでのどの作品とも異なる「ほのぼのさ」を持っている。さださんの別の一面でもあることは、後年の『北の国から』にも通じるものである。これは「家族思い」を歌った『案山子』にも通じる（ついでに言えば『案山子』は、ＮＨＫの『鶴瓶の家族に乾杯』の主題歌『BIRTHDAY』にもよく似ている）。そうか、さださんは、こんな歌も作れるのか、と思った人もいると思う。

(6)「ポエムや風景を強く感じさせる作品」

これを提供できる懐の深さを感じさせる。『晩鐘』は「風花がひとひらふたひら君の髪に舞い降りて、そして紅い唇沿いに、秋の終わりを白く縁どる」で始まる。単に美しい言葉を連ねているのではない、心に染み込んでいくような言葉が、次々に現れる。先に見た『多情仏心』からの進化である。

(7)「悲しみはとことん悲しく」

これはここでも貫かれていく。『飛梅』の「太宰府は春、いずれにしても春」、『セロ弾きのゴーシュ』の〈ごっこ〉、『晩鐘』の「流れに巻かれた浮浪雲、桐一葉」、思わずあの救われない『掌』を思い出してしまう。

こうした特徴をいくつも重ねもつこのALBUM『風見鶏』に収録された作品は、さださんの初期作品の黄金時代を築く。

ますます〈感性〉は強化され、〈道具・工房〉には多種多様なものが所狭しと並べられてきて、今か今かと出番を待っているのが実感できるのである。

5　続くALBUM『私花集』で、さださんは何を目指したか？

前ALBUMの大ヒットでさださんは、きっと相当な手応え・自信を感じたに違いない。しかし、創作活動は、砕氷船のように困難を打ち砕きながら進む作業なのである。ここで過去の栄光に浸ってばかりいては、創作を放棄することと同義なのは、さださんが一番よく知っていた。『私花集』では、これまでの特色を活かしながらも新たな実験的試みをして、新境地を切り拓いていくことになる。どんな新しい試みに挑戦したのだろうか？

(1)「多様性の中の失恋」を描こうとした

主人公が、男であれ、女であれ、「失恋の悲しみ」を心の襞を辿るように描くだけでは、限界がくる。様々な場面設定や行動設定で、よりリアルな「失恋」を描いてみようとさださんは考えたのではないか。『最后の頁』では、まさに別れの場面で彼女が「マッチの軸で描いた落書き」それを僕が「火をともせば〜」との小話で綴る。『SUNDAY PARK』では、失恋した主人公が、日曜日の公園で老人の様子を見ながら一人密かに哀しみに耽る、脱力感を伴う景色である。『檸檬』はもっと面白い。失恋した女が、檸檬を放り投げ、男に捨て台詞を叩きつける、そんな設定を「聖橋」という具体的な場所設定で展開する。『天文学者になればよかった』は、失恋をコミカル路線に乗せてみせた。自分の失恋が、「設計ミス」で綻びが生じ、しまいに瓦解する様を描き、そんなことなら「天文学者になればよかった」と半ば真顔でいう件りを見て、ここまでくると、さださんは、もはや小説家と言える。歌詞に常にストーリー性を持たせ続けてきたのは、さださんが「歌は主張そのもの」という信念があるからに違いない。それを示す方法を模索した結果なのであろう。

(2)『魔法使いの弟子』で新世界に足を踏み入れた

『魔法使いの弟子』は、父が息子に「母さんとの結婚」について、面白おかしく語ってくれる寝物語（「子守唄」がわり）を描いた傑作である。この小話を初めて見て聴いた時に、私は中学時代に読んだ国木田独歩の超短編『初恋』を思い出していた。（父親の）話し言葉をそのまま歌詩にするという技法は、さだ作品では初めてではない。先述の『フレディもしくは三教街』では、伯母の「独り言」を歌詩に採用したし、会話を歌詩の一部分に採用することはしばしば見られたことである（『転宅』）。同じALBUMの『檸檬』でみせた捨てられた女の捨て台詞を歌詩の一部に採用したのはなかなかの効果だった。会話の一方を丸々採用したのは、前ALBUM所収の『吸殻の風景』であったが、作品の出来としては必ずしも成功していない。その点この『魔法使いの弟子』は、全体を父親の話でコミカルに貫き、成功を収めている。おまけに「オチ」までつけて、その後に「子供の笑い声」を入れて終わる演劇的効果までつけた。このような演劇的効果は、その後の『木根川橋』や『0－15』などにも、大変上手に引き継がれていく。また題名の『魔法使いの弟子』は、クラシック愛好家なら、ああ、あのデュカスの同名の交響詩に由来していることにも、気がつくと思う。つまりこの作品は、さださんが、小説家の域を超えて、脚本家・映画監督的な資質を備えているのではないか、との思いを抱かせるに十分な潜在的なものをチラリとみせた作品なのだと思う。

(3)「別れ」の態様もいろいろ、これで傑作が生まれる。

これまで「別れ」の代表的な「死」「失恋」などで、傑作を生み出してきたさださんは、別の「別れ」にも注目し、人間の心に迫ろうとしてきた。そしてこのALBUMで二つの傑作をこのジャンルで生み出す。一つは「ほのぼの路線」の延長線上とも言える「家族思い」の一つ『案山子』である。これは実話かもしれない。ジワーとくる。兄が、初めて故郷を離れ都会で暮らす弟を心配しながら語るように歌う名曲である。「死」や「失恋」のような激しい「別れ」ではない。しかし、日常的にどこかでありうる話をこのように捉えることのできるさださんの「視線」は、単なる「器用さ」をとっくに超えている。先述のように、本曲は、『鶴瓶の家族に乾杯』の主題歌『BIRTHDAY』にメロディーもよく似ていて「ほのぼの」としているが、行き着く先が「心配」と「感謝」で異なる。もう一つの名曲が、山口百恵に提供した『秋桜《コスモス》』である。今更説明するまでもないが、嫁ぐ娘が別れを惜しむ母の姿を見て歌う歌である。昔、結婚式で、「母さんの歌」に続くしんみり系の定番となった。サビの「こんな小春日和の穏やかな日は〜」というさださんならではの高音域でしんみり歌わせる技術はそう簡単ではない。加えて、これはさださんの手になるものかはわからないが、前奏のピアノが、別れの辛さを予感させる絶大な効果を生んでいる。

このALBUM『私花集』には入っていないが、同じ**78年のSINGLEで『椎の実のママへ』**という長編の語り物の作品が作られている。『精霊流し』の背景を語る作品で、驚くべきことに自らの作品を「本歌取り」した作品でもある。焦点は、叔母の一生をうまくまとめた歌詩であるが、病気の自分の死より早く息子を失った母の哀しみを受け止めて、(亡くなった)彼のために歌を作ったと語り、バイオリンであの『精霊流し』の前奏を奏でてみせる。この曲は、本当に長い物語だが、まるで平家琵琶のように語りに節をつけたような曲で、聴いているものにとっては、それでストーリーを感涙の中で聴き取る、そんな効果が隠されている。そして、それを助けるようにこれまた長い長いセリフを長いと感じさせないような語り口で、歌詩と同じくらいのボリュームを占めている。「語りだけでもコンサート会場を一杯にできる」と言われた、さださんならではの技である。

『雨やどり』『もう一つの雨やどり』に続く長編ストーリー(しかも悲劇ものでは初めて)での成功を見事に果たしたと言える。こうした試みは、その後のさださんの「進化の多様性」を示唆したものである(恐るべし)。

この年の同じSINGLEで『敗戦投手』という曲にも驚いた。これも同様に長編の語り物であるが、こちらは、失恋をコミカルに描いたものである。その意味では『天文学者になればよかった』を踏襲するものだが、最後の最後にさよなら満塁ホームランを打たれて敗れる「敗戦投手」に準《なぞら》えて展開する筋書きの面白さは、『雨やどり』姉妹編に劣らない。加えてフレーズの終わりにオチを用意する。「無能、あさはか、板付かまぼこ」「ふ、不吉じゃ、とくにはえぎわが」「だって、あんまりだもの」「よ、よかったですね」「はい、キャンセルです」と噴き出さざるを得ない。牧伸二さんのウクレレ漫談のはるか上を行っているような気がする。『雨やどり』からこの『敗戦投手』に継承された長編コミカル語り物は、確実にその後にも繋がっていく。

やはり同じ78年の曲でALBUM『印象派』に入っている『距離《ディスタンス》』については、後述する。

6　そろそろ「さだ工房」を移転・増築する時期に来ている：ALBUM『夢供養』（79年）を聴いて

既述（2　創作活動における重要な要素）のごとく、一般的に優れた創作活動を長年にわたって続けていける人の特徴的な要素の一つに（イ）「感性」を具体的な形にする様々な道具を持っていること（できうるなら道具を備える工房）を挙げた。さださんの才能あふれる創作活動の拡がりを見る時、とてもこれまでのシンガーソングライターの定義では定義しきれないと私は感じ始めていた。

さださん自身、前掲書『さだまさし　解体新書』の中で、こう述べている。「さだまさしの歌の傾向ってのはいくつかの袋に分かれてて、新しい曲を作っても、だいたいどれかの袋に入る。新しく作る歌のメロディーに、過去の歌の傾向があったとしても、そういうものを僕は『刈り取らない』ように歌っててね。……けっこう同じ袋にいっぱい入っているじゃない？……一方で、そのどの袋にも入らないのがいくつかあるんですよね。だから僕は、『新しい袋、どうやったら作れる？』って。いま、入らないものがいくつか浮いている状況なんで、僕が現役でいるうちになんとか袋に収めないといけないと。」（P23～P24）

さださんの作品の認識と創作の考え方がよくわかる。ここでの「袋」というのは、私が書いてきた歌詩・メロディー双方についての「路線」「傾向」といった（あるいは「癖」も入るかもしれない）ものと同義と思われる。

そして作詩について、初期段階でこんなことも言っている。『さまざまな季節に』（さだまさし　1983年　文春文庫）

『遠くへ行きたい』（永六輔作詞、中村八大作曲）という「偉大な曲」（さだ）について、「歌は、生命力をもっている方がよい。歌の生命力とはつまり、テーマの普遍性であって、言葉の普遍性であるとおもう。メロディーに比べて歌詞の寿命は短いのが普通であるから、ある作品が枯死する場合、まず歌詞から朽ちる。『遠くへ行きたい』の異常な程の生命力はまずタイトルの力量である。『遠くへ行きたい』という言葉以外に、『旅』への普遍的な志向を表現する言葉は、僕には発見できない。……誰にでもあるものを『初めて』言うのが詩人なのだ」（P19～P20）

そんなことを頭に置きながら、79年のALBUM『夢供養』や同年の作品を鑑賞しようと思う。

(1) 幻想的な「ご当地傑作の三連チャン」

さださんは、具体的な土地の様子や風俗を題材にする時、必ずといっていいほど自分で出向き、その空気を肌で感じ体験して歌詞にしている。菅原道真ゆかりの『飛梅』を作った時は、太宰府天満宮で道真直系子孫の宮司の小鳥居氏から話を聞き、大いに刺激を受けて一気に作ったと書いている。そんなさだささんが、『晩鐘』で見せたような「ポエムや風景を強く感じさせる作品」を今度は「ご当地」と深く結びつけて描いている。『風の篝火』『まほろば』『春告鳥』である。

いずれもが、「愛の終わり＝別離」をただ悲しいというだけでなく、幻想的かつ時に劇的に描いている。

箜篌《くご》の音《ね》　鈴木靖将　画
箜篌：古代のハープで正倉院の宝物。
鈴木氏は、毎年開催される伊吹山麓の「ほたるまつり」のポスターとして、箜篌に合わせて乱舞する幻想的な蛍を描いた。

『風の篝火』は、信州辰野の「蛍祭」を題材に取り入れている。なんと言っても出だしの前奏ギターが冴えている。「水彩画の蜻蛉のような～」でこれまでにない流れるようなテンポで進行させる。この中で取り入れられている「腕がフワリと」や「宙を抱く」のような音の〈ゆらぎ〉やフレーズの終わりを高音で上げて伸ばす（ロングトーン）手法は、聴くものに幻想的かつ不安感を抱かせる上手いやり方で、少し「渡辺俊幸さん」の作曲技法からインスピレーションを得たのかもしれない。比喩を多く含んだ歌詩も魅力的で、サビで魅せる透き通った高音は、長く余韻として残る。

『まほろば』は言うまでもなく、古都奈良の風景である。前掲書『さだまさし解体新書』で最も頻出する注目曲である。さださんが学んだ國學院大学の伊藤龍平教授は、さださんの作品に見られる「失われゆくものへの志向は、時に古典憧憬へとも結びつく。古語が散りばめられ、文語調で綴られる」として「失われゆく

月花微笑（春の月）　　鈴木靖将　画

日本の美が描かれている」として『まほろば』『春告鳥』『飛梅』などを列挙する。「古典とは古い時代の作品のことではない。いにしえに思いを馳せつつも、いつまで経っても古びずに、新しいままでいるからこそ古典と呼ばれるのである。言葉を操り失われゆくものに命を吹き込むさだの歌世界は、古典と結び付くことによって、それ自体が古典化してゆくものだった。民俗学と古典研究を看板とする國學院大学にさだが在籍していたのは、偶然ではない。」と書いている。また同じ國學院大学の博士後期課程でさだまさし書生を名乗る宝福了悌氏は、「さだまさしの詩はその情景を想起させるのに最適な言葉や、古典文学からの引用を用いて、日本という国に生まれた、私たちの心の機微を表現する言葉を選択しているのではないかと考えるように（なった）」として、「さだまさしに見る日本語再発見」で強調する。こうしたことに加えて、私は、対語・類語・擬態語・繰り返し言葉を重ねて、あたかも『無縁坂』の進化形のように装いを変えて登場するように見える。そして「サビ前」「サビ」での一気の盛り上がりは、素晴らしく印象的なものとし、ついにフィナーレでは、「青丹よし平城山の空に〈満月〉」とまさに「叫び」で締めて、この曲を忘れ難い一曲に仕上げる。

『**春告鳥**』は、さださんの歌詩の中でもなかなか難解な曲である。この曲も前出の『風の篝火』や『まほろば』と同様、単純にその地の美しさを愛でる曲ではない。「その地の特徴を巧みに借りて心の奥底を表現している」のであって、いわゆる「ご当地ソング」と呼ばれる歌謡曲とは、対極にある。「衣笠」や「化野」といった古代の葬送の地で「侘助椿《ワビスケ》」の突然ぽとりと花を落として、錦鯉のふためきに〈さんざめく〉私の心や、「その人のこぼした言葉にならない言葉が音もなく谺する」「春の夢、密やかに逝く」と言った難解な言葉をどう理解すべきか。「愛する人が突然亡くなり」「思い出の京都嵯峨に行き」「突然の春告鳥の声に我に返り」「侘しさと閑かさを感じる」そんな解釈が自然なのかと思う。どうしてさださんは、題名に何度も出てくる『春の夢』を持ってこなかったのだろうか？　一度しか出てこない『春告鳥』を持ってきた。確かに印象的ではあるが。失恋で流離う若者が、春の夢で楽しい頃を見て、突然黒鴉の声に目覚め悲しみのどん底に戻る、というあのシューベルトの有名な歌曲集『冬の旅』の中の一曲『春の夢』のような激しい心の落差は、このさださんの曲にはないが、日本的な深い心情を表すには上手い曲調である。もちろんさださんは、いつも「死の影」が漂うシューベルトのこの曲を知らなかったはずはない。もしかしたら、あのエッセイに書いてあった「住んでいた家の庭に来た春告鳥」を強く意識していたのかもしれない。

ともあれ、この「ご当地三連チャン」は、それぞれにその土地の風景や民俗的行事などでレベルの高い日本的風情を背景に、悲しみを抱く心の奥底に迫る名作に仕上げている。

(2) コミカル長編ストーリーの三連チャン

79年さださんは、長編のコミカルな語り物の傑作を立て続けに3本もリリースする。『パンプキン・パイとシナモン・ティー』『関白宣言』『親父の一番長い日』である。実は、佳作として『木根川橋』がある。「長いセリフ」と「オチ」などをつけてそれなりに面白いが、3本の傑作のレベルが半端ではないので、敢えて取り上げないことにした。

『パンプキン・パイとシナモン・ティー』は作曲面で画期的である。軽快でコミカルな曲で、これまで成功した例は、前年の『天文学者になればよかった』であったが、長編とまではいかなかったし、失恋をやや自虐的に笑いにしたものだった。もう一つの成功例『敗戦投手』は長編コミカル路線ではあったが、それと比べ『パンプキン・パイと～』は、「曲の初めから終わりまで、テンポのいい軽快なメロディー」をさださんが、おそらく最も欲しかったリズミカルで楽しさを表現する術を、本当に完全に自分のものにした最初の曲といえる（このさだささんの自信は、翌年の『聖野菜祭』にいかんなく表出する）。しかも、小気味の良いメロディーの魅力で、セリフを挿入する必要がない歌に仕上げることができている。「毎度ありがとう」を声を変えて歌うのもアイデアである。それとこの曲の魅力は、カタカナの自然な取り込みと「字余り」なんのそので、却って面白みを増すことになる。こうした学生目線の歌詞は、半ば実体験が反映しているとしか思えないが、どうであろうか。

『関白宣言』は誰もが知る名曲である。「男性優位・女性蔑視」「男尊女卑」との批判もあるにはあるが、コミカル性ゆえに、いかにそうありたいと世の男性が願望しても、叶わぬ夢物語のようにも受け取られ、歌い継がれてきている。じっくり『関白宣言』を聴けば、婚約者への「溢れんばかりの愛情」を読み取れるのだが、どうしてそう目くじらを立てて批判したのか、よくわからない。さださんも、あの種の批判を気にしたからなのだろうか、なんでも後年『関白失脚』というまさに男性の権威喪失をまざまざとコミカルに描いた歌をさださん自身が作られて、これまたヒットしているという。『雨やどり』『もう一つの雨やどり』を彷彿とさせてくれる。そんな茶目っ気がさださんにはある。

『親父の一番長い日』は、長編コミカル語り物でも、さだ さん自身の家族を扱った傑作である。『転宅』『案山子』に続く、広く言えば『精霊流し』『フレディもしくは三教街』『椎の実のママへ』など、親類も加えた身内物である。こんなに長い物語だと疲れてしまいそうだが、さださんの技術はそれをさせない。語り物の時のギター伴奏がいかに大事か、日本の伝統文化の三味線片手に語る様々な唄いを引き継いでいるとしか言えない。それを引き立てる転調の具合やロングトーンが、実に効果的である。語り物の集大成がここにある。ここで語られるテーマは、狭い日本限定ではない、世界中どこでも通用する「普遍性」を持っていると思う。

（3）「この言葉はこう歌う・三連チャン」

『**異邦人**《エトランゼ》』で見せた、あの言葉の読み方のインパクトは相当なものだったが、その後影を潜めていたが、ここにきて、再び現れた。『歳時記《ダイアリー》』『**療養所**《サナトリウム》』『立ち止まった素描画《デッサン》』である。

傑作たちに埋もれるように、これらの作品は、静かにALBUM『夢供養』に収まっている。やや「箸休め」的存在である。しかしさださんが、歌詞に込めた思いは、それほど軽いものではない。

『**歳時記**《ダイアリー》』は、学生時代に互いに好きで付き合っていた彼女との思いを当時のダイアリーと、2年後に送られてきた教師となった彼女の笑顔の写真と結婚するとの報告（＝これをダイアリーのあとがきと表現）に、せめて彼女の幸せを祈るしかない男。そう簡単ではないが、「ダイアリー」というロングトーンでさりげなく、悲しさを表現するうまさは健在である。

『**療養所**《サナトリウム》』は、同じ雑居病棟にいた老婆と退院していく自分を描いたものだが、この曲の「サビ」は冴えている。「さまざまな人生を抱いたサナトリウムは～」のしみじみと盛り上げていくメロディーは忘れ難いものとなっている。おまけに老婆のたった一人の見舞客になるという「オチ」までつけている。人間の優しさと「老い」の悲しみを同時に描いた佳作である。

『**立ち止まった素描画**《デッサン》』は、以前に別れた女（また別の男と別れる）に話す「男の会話部分だけ」を歌詞にしているユニークな作品である。男の方ももう未練はないから、さっぱりと軽快な曲に乗せて、明るく「言って聞かせる」面白い展開である。女の性格を「デッサンだけ済ませたら、色付け前に投げ出す繰り返し」と言い放つ。

これら3作品は、状況設定がいかにもさだまさしく、こんなやり方もあるのかと感心する。失恋の態様のバラエティや、『無縁坂』同様「老い」への労りの巧みさを感じる作品である。

⑷ 三極のキラ星

この年（79年）、さださんは全く異なる分野で、キラ星のごとく輝く名曲を生み出す。満身で喜びを歌った『天までとどけ』、生命を極限まで見つめ慟哭ともいえる心の叫びを表した『防人の詩』、センチメンタリズムとロマンチシズムを融合させた『惜春』の3作品である。

『天までとどけ』は、こんな屈託のない晴れやかな心の底から喜びの歌も見事に書けるのだ、という驚きである。「出逢いはいつでも　偶然の風の中」と抑制された喜びで始まる。そしてサビでは「舞い上がれ、風船の憧れのように　二人の明日　天までとどけ」と限りない愛を歌い、「ようこそ、ようこそ、ようこそ僕の街へ、ようこそこの愛へ」と「ようこそ」を3度重ね、「愛へ」と最高音のロングトーンで、天に飛翔するような無限の愛情を表現する。コミカルでも（勿論オチも）なく、ただひたすら純粋に透明感ある歌に仕上げている。私の大好きな曲である。

『**防人の詩**』は、映画『二百三高地』の主題歌として、また万葉集から「本歌取り」としても有名である。このスケールの大きなまさにこの映画にぴったり合致した主題歌を書けるとみた、さださんを推薦した山本直純氏の眼力もすごいものだと思う。

防人の島　　鈴木靖将　画

このスケールの大きさに合わせたオーケストラ仕立てにしたのは山本氏であろうか。「おしえてください」で始まるこの詩は、「海は死にますか　山は死にますか」とたたみかけ、風・空・春・秋。愛・心　も死にますか、と問う。「私の大切な故郷もみんな逝ってしまいますか」と慟哭にも似たロングトーンの終わりは、壮絶ですらある。ロシアのウクライナ侵攻から2年になった。ウクライナ出身のナターシャ・グジーさんは、以前からこの歌をカバーしていたが、まさか自国がそんな悲惨な戦争になろうとは思ってもみなかったであろう。とても涙なしには聴けない。

『**惜春**』は、なんともさださんの繊細な作風を代表する名作である。すれ違う二人の男女を歩くようなゆっくりとしたテンポで、対語と比喩を多用しながら、ロマンチックに仕上げていく技量は、さすがさださんである。とりわけ「サビ」の「やさしさゆえに傷ついて　やさしさゆえに傷つけて」は忘れえぬフレーズとなっている。こんなに美しいシーンは、上質の映画のワンシーンとしても十分通用する。そんな気品すら感じる。その気品を醸し出し、さださんの詩の世界に一瞬にして引き込んでしまう役割の一翼を担っているのが、バイオリンの前奏・間奏である。さださんはこれまで、バイオリン（チェロも含め）の演奏効果を用いた作曲を行い名曲たらしめてきた。

『精霊流し』に始まり、『転宅』『飛梅』『セロ弾きのゴーシュ』『まほろば』いずれもが、弦楽器の持つ独特の音色で、ピアノでは出せない。さださんは、曲を完成させる上で、いかに前奏・間奏・終奏の果たす役割が重要かを知り尽くしていたように思える。これは、ギターの（おそらくは）名手であるさださんのギター効果にもいえるが、これについては後述したい。いずれにせよこの『惜春』もまた私の大好きな曲である。

こんなに多様な才能あふれる詩や曲を書けるさださんの「感性」を表現できる「道具・工房」は、いくらなんでも部屋の一角ではとても収まり切れるものではないであろう。それゆえ、そろそろ「さだ工房」を移転・増築すべきところまできていると書いた。

7　ついに「さだ劇場」がオープン：ALBUM『印象派』（80年）他

ついに80年代に突入した。さださんは、グレープ解散後独立してからも、4年間いろいろな経験を経ながらも優れた作品を作り続け、私たちに提供してくれた。その枯れない泉を有するさださんは、80年に入り、またしても驚くべき進化を遂げる。「さだまさしく進化論」である。

(1)「コミカルショー」が幕を開けた

さださんのコミカル路線は、とりわけ長編の語り物で『雨やどり』『もう一つの雨やどり』『関白宣言』『親父の一番長い日』と不動のヒット曲となった。そのさださんが、さらなる新境地を開いたのが、『聖野菜祭《セント・ヴェジタブル・デイ》』と『0－15《ラヴ・フィフティーン》』である。

①『聖野菜祭《セント・ヴェジタブル・デイ》』で、私は本当に仰天した。初めこの歌詞の意味するところが全く理解できなかった。思わず辞書で「聖野菜祭」と歌詞に出てくる「第三階層《レベルスリー》」を引いてみたくらいである。ひょっとして私の知らない中東あたりで、こんな場所や祭りがあるのではないかと。まさか、まさか、さださんが、人間世界から、同じ地球に住む小動物（ネズミ？）に成り切るなんて、考えてもみなかったから。もはや宇宙人一歩手前まで来てしまっている。そして「お祭り」までして、人間と同じような喜怒哀楽を感じて、人間社会を風刺して見せるコミカルドラマを作り上げた（の

ちにＮＨＫの山番組の主題歌『空になる』を聴いて、そういえばとこの曲を思い出したが、生き物さえも飛び越えて、空にまでなってしまうさださんである）。驚くのはこれだけではなかった。曲の終盤で天下一品のセリフを挿入する。ラジオかテレビのアナウンサーが「ここで番組の途中ですがニュース速報を～」といって「（大西洋の古代大陸の遺跡調査隊が）伝説上のものとされていたアメリカ大陸の存在を確認した～」と報じ、「さだまさしさんが非常に嬉しい」とコメントする、そんなオチを披露する。そしてもう一つの驚きは曲作りである。これまでの長編語り物は、どちらかというと「語り」に重点を置いて聞かせる曲だったが、『パンプキン・パイとシナモン・ティー』で見せた、曲全体を軽快なテンポでリズミカルに歌い通せた成功をここでもそれ以上に発揮させる技を披露することに成功させている。この分野でも、完全に作曲が作詩に追いついた、そんな実感を持たせてくれる。これは、まさしくさださんの頭の中には、独自のディズニーワールドが広がっていて、楽しくおかしく生活する世界が見えているのだろう。なんと素晴らしい総合芸術家であろう、と驚嘆を隠せない。こんなさださんだからこそ、作詩・作曲活動で「枯死」などするはずがない。この曲の持つ無限の可能性に、私は拍手を贈ろうと思う。

②『**0－15**《ラヴ・フィフティーン》』もすごい。この曲には、副題が付いていて、〈リクエストのバラード

～素敵なTennis Boy〉とある。なんと今度は、さださんがDJをやっている設定である。いかにもラジオの雑音など入れて、セリフが始まる。テニス少年が、彼女がキャプテンに熱を上げていて、捨てられるんじゃないか、とさださんに相談する場面から始まる。バカなことを言っている、としながら、第一のメロディー「心移りがする彼女を見つめる僕」をしんみり静かに歌う音楽（勿論さださんが歌う）が流れる。それが終わると、今度は「男は勇気だ、根性だ、勝利だ、そういう歌をお送りいたしましょう。（さだまさしとスチャラカ社員をもじったパロディ風の）さらまわしとザ・スチャラカバンドの歌で～『素敵なTennis Boy』よーく聴くように」と第二のメロディーで、今度は一転して、軽快なリズムとコミカルな曲調に乗せて、「（テニスの）ポイントはわずかに０－15～」だから必ず勝てる、逆転チャンスは必ずやってくる、と歌う。この同じパターンで、後半も続く。この筋書きを考え出す能力は、脚本家さだまさしそのものと言える。さださんの喋りがまた凄すぎるくらいに冴えている。悲壮感漂う作詩・作曲ができる同じ人間が、ここまで陽気に、ユーモアを飛び越え一流の笑いを取れる話芸家になれることを証明している。この曲作りがまた、さださんの芸域を大きく拡げている。「筋書き」「セリフの妙」「音響効果」「長編を難なくこなす軽快なリズムとメロディー」いずれを取っても、『聖野菜祭』と並ぶ80年代初めを飾る傑作である。

「さだ劇場」の初日公演二本立ての「コミカルショー」は、満員御礼と鳴り止まぬスタンディングオベーションに包まれたことであろう。

（2）「さだ小劇場」では……

さださんの心に奥底にまで沁み渡る「悲しみ路線」と「意表をつく設定の寸劇（悲喜）」を味わいたい人々が、開演を待っている。

①「悲しみ路線」の傑作品

『みるくは風になった』と『神話』である。これまでもさださんは、「死」や「失恋」など別れの悲しみを何度となく描き、傑作品を生み出してきた。しかし、さださんの歌詩が無尽蔵に生まれ出る限り、曲作りを加えた作品もまた無尽蔵であることを証明している。さださんの手に掛かると、それが一級品の装いを持って現れる。

『みるくは風になった』は、交通事故で亡くなった彼女（みるく）を、腑がちぎれる思いで歌う「僕」の辛さが沁みてくる。中程で出てくる「OH～OH～OH、みるくー、I miss you――」は、嘆きというよりも「泣いている」のだと思う。「サビ」の「例えば～」からの盛り上がりの後に続く「キラキラと風のように笑うばかりの　みるくー」は、下降してくる音階で、虚無感を漂わせて終わっていく。2番の「サビ」の繰り返しの後で、「本当の恋さえ知らずに逝ってしまった　話したいことは山ほどあったのに」その後またあの「泣き」があり、「キラキラと～みるくー」で消えるように終わる。『会いたい』という恋人を失った女がひたすら嘆き悲しむ歌に似てなくもないが、さださんらしい優れて透明感のある青春の悲しみに溢れた逸品である。

恋ひつつ　　鈴木靖将　画
後《おく》れ居て　恋ひつつあらずは　追ひ及《し》かむ道の隈廻《くまみ》に　標《しめ》結へわが背　但馬皇女

『神話』は、これまた本当に悲しみに溢

れた曲である。救われない失恋の思いを綴った『掌』『飛梅』『晩鐘』の正統的後継曲といえる。愚痴を単に綴ったと言えなくもないが、「本当だよ、本当だよ」「泣いて、泣いて、泣いて、泣いて、泣いて、それから〜」(5回も「泣いて」を続け)、「それくらい、それくらい」と繰り返す。「神話」になるくらい「あなたのこと愛した」「本当だよ」と語る。まるで演歌の粘っこい世界を「さだワールド」に取り込んだ感がする。しかし、演歌っぽくならずに、泣ける術をさださんは心得ている。ギター伴奏やさださんの「ララー」に支えられた旋律がさださんそのものだから。同じ布地で、和服と洋服を作るような違いかもしれない。

② **「意表をつく設定の寸劇」**

これまでもさださんの、ストーリー作りのうまさには、何回も感心し驚嘆させられてきた。ここでもまた、歌の世界に新しい風を吹き込んだ。『検察側の証人』と『推理小説《ミステリー》』『とてもちいさなまち』である。どれも、男女の愛憎と別れを描いているが、全く違う味わいを見せる。

『検察側の証人』は、検察側つまり加害者の罪悪(恋愛で相手にダメージを与えた)を暴く側の証人である。ここの設定は、提訴・反訴を扱っているのが面白い。登場人物は、3人でその主張のみが、歌詞として採用されている。こんな形式のものが本当に歌になるのか、とビックリする。初めの証人（Aと仮定しよう）は、「（女が悪いんだ）男を踏みつけて行った」と主張する。これに対し、女を弁護する友人女性の証人（Bと仮定しよう）が反対証言をする。「女の心変わりが全てだけれど、女の方が傷ついていることだってある」と主張する。そして3人目の証人（Cと仮定しよう）が、「（男の方こそ悪い）あんな素敵な女を　酒を変えるように飲み捨てて行った」と。最後に、「あみだくじみたいに、たどる奴以外に道程を知らない」と……ABCいずれの肩も持たずに終わっていく。これをギター伴奏。バイオリン間奏でフラメンコ風にリズミカルに展開させていく。これは、舞台で一人が3役で演じたら、さぞかし面白いだろうと、一人芝居を演じる「友近さん」をつい連想してしまう。

『推理小説《ミステリー》』は、女の浮気（女の浮気に男が気付き）で破局を迎えようとしている男女が、どちらが一方を「先に捨てたのか」それが「ミステリー」だと。「別の男の方が好きだから女は別れる」のか「そんな裏切るような女はこちらから願い下げ」なのか。この歌詩（題名も含めて）に散りばめられた、〈セルリアンブルー〉〈イヴニングドレス〉〈アリバイ〉〈ベージュのカーテン〉〈クロイツエルソナタ〉などの言葉が、華やかな時が虚構であったかのように、曲の中で虚に響いてくる、それを強調するようなロングトーンとの相乗効果があるような、そんなさださんの密かな「計算」があるように思える。

『とてもちいさなまち』は、哀しみや別れの感情を去られた（失った）側からのみ、強調されてきたこれまでの手法を逆さまにしてみせた。愛するもの（彼女や故郷）を捨てていく側の感情すら、詩になることをさださんは描いた。こんなに愛している「倖せに一番近い町、ふるさと」「しあわせに一番近い人、君」に「さよなら」と「すべてを裏切って出てゆく」僕は、ひたすら「ごめんね、ごめんね、ごめんね、ごめんね」と4回繰り返し、「もう戻れない」「もう決めたんだ」と謝り、自分も辛いんだと語る。そんなことなら「出ていかなければいいのに」と考えるのは野暮というもの、こんな局面は外的（災害や経済的な）事情だけではなく、本人の一念発起でも実際ありうるのだから。

③驚くべき「映画音楽のインパクト」

先に『防人の詩』が、山本直純さんの推挙で作った『二百三高地』の主題歌として、もちろん曲自体の魅力もあって、これまでのさだファンではカバーしきれなかった多くの人々に感銘を与えた。それは、画像・動画に連動した曲の絶大な威力をさださんは感じたに違いない。これからもチャンスがあれば、映画音楽の世界に積極的に関わっていくのであろうか。その答えは、『道化師のソネット』で、この年大きく踏み出したといっても良いと思われる。キグレサーカスの看板ピエロの栗原徹さん（元々写真家の彼がサーカスの魅力を皆に伝えたいと、自らサーカスの一員として名ピエロになるも不慮の事故で亡くなる）の生涯を描いたノンフィクション小説『翔べイカロスの翼―青春のロマンをピエロに賭けた若者の愛と死』の映画化で、これにさださんが主演し主題歌を提供したのが『**道化師のソネット**』である。この小説なり映画のあらすじを知っていれば、なおさらこの曲の素晴らしさが認識され、忘れえぬ一曲となる。さださん自身もこの曲を「気に入っている」と話している。この曲の魅力は、出だしから「サビ」の「笑ってよ、君のために、笑ってよ、僕のために」という素晴らしいフレーズが出てきて、終わりにもこれを繰り返して、いつまでも頭の中に残像と共に残る。はじめと終わりを同じフレーズで繰り返す手法は、これまでにも何度か見られる。『童話作家になればよかった』『胡桃の日』『きみのふるさと』『フェリー埠頭』『案山子』『敗戦投手』『生生流転』『惜春』（今後も『しあわせについて』で出てくる）と意外に多い。しかし、こんな高揚感のある「サビ」を持ってくる例はない。その意味で画期的といえる。明らかに、さださんは、映画音楽の主題歌というジャンルに一歩踏み出したのだと思う。翌年の『北の国から』2年後の『しあわせについて』や後年の『風に立つライオン』などなどを見れば頷けると思う。また今も続いているNHKの番組『鶴瓶の家族に乾杯』の主題歌『BIRTHDAY』、『日本の百名山』の主題歌『空になる』も映像と相乗効果という点では映画音楽と同じである。その先駆的な作品がこの『道化師のソネット』である。

そして、この『道化師のソネット』という曲にはもう一つ、注目すべき点がある。さださんの優しさや労りを伴う「激励の詩」（エール路線）でもある。すでに見てきたように、取り柄がないと思っている女性の『もう一つの雨やどり』や彼女に捨てられそうになっている少年にこれからだと歌う『0－15』の二つの長編コミカルものだけではなく、弟思いの『案山子』、身寄りのない病気の老女を労わり自分が退院後には見舞いに来ると語る『療養所《サナトリウム》』、他の男と別れを繰り返す元彼女を諭す『立ち止まった素描《デッサン》画』、悩める少女に自分に甘えるなと諭す『不良少女白書』、心の傷を負った彼女に、明日からの君が好きと励ます『HAPPY BIRTHDAY』、傷心で帰郷する彼女を優しく迎え励ます『驛舎《えき》』、とさださんの優しさとポジティブさが伝わってくる。その意味で、この音楽的にも優れた『道化師のソネット』は、「激励の詩」の頂点に位置付けられる。

8 「線路は続くよ、どこまでも」～80年代初頭は「まだまだし」

さだきんが、様々な優れた作品を切れ目なく、世に送り出してきた足跡をさださんの「感性」「道具・工房」「情熱・パワー」の面から、追ってきた。そしてそれらは、枯渇するどころか、互いの相乗効果でますます多様性と独創性の中で、新しい境地を開拓していった。それが、この80年代初頭の作品にも表れている。81～82年はALBUM『うつろひ』他を世に出している。これを見てみよう。

(1)「悲しみ路線」の到達点

さださんの得意分野の一つ「悲しみ路線」は、絶えず旅を続けている。『鳥辺野』『明日檜《あすなろ》』『苺ノ唄』でもその凄さを見せてくれる。

まず『鳥辺野』である。先に『春告鳥』で、平安時代の京の西にある葬送地の「衣笠」と「化野《あだしの》」を歌詞に入れ、亡き人への切ない思いを歌った。そしてこれらと共に三大葬送地と称された東山の「鳥辺野」（風葬の地）で、愛の終わりを迎えた男が「（その過去の愛を）葬り去る」ために訪れる、身震いを起こすような寂寥感を表現した。これも難解な詩であるが、何よりも落ち着くところに落ち着かないフラットなロングトーンが、いつまでも頭に残る。「前のめりのまま、無造作に投げ出された愛が、季節に追われころんだまま、野晒しになっている、鳥辺野―」で終わる。『檸檬』でも「姥捨山に愛を捨てる」表現にも似ている、ケジメの儀式が出てくる。

つらつら椿　　鈴木靖将　画
巨勢山《こせやま》の　つらつら椿　つらつらに　見つつ偲はな　巨勢の春野を　　坂門人足

『明日檜』も嗚咽が聞こえる、そんな曲である。ただならぬ恋に落ち、どうすることもできない自分を「サビ」の部分で「あすなろ、あすなろ、いつまで経っても、あすなろ、あすなろ、明日が見えない」と嘆く。4回目の「あすなろ」は振り絞るような高音のロングトーンで、嗚咽としか言いようがない。『神話』（泣いて、泣いて〜、本当だよ、本当だよ）同様に、悲しみの感情を繰り返し言葉を用いて表現する。どうしてこんな悲しい曲が書けるのか、前にも思ったが、源流は『掌』にあった。今でも脈々と流れているのだ。

『苺ノ唄』もまた、その延長線上にある。漢字とカタカナで書かれた七五調は、戦地で彼女を思い手帳にでも書き残した日記でもあるのだろう。戦争で引き裂かれた若い男女の切なさが、終戦後にこの日記を見て娘の歌う「ららら、寂しいよ、るるる、愛しておくれ、ららら、寂しいよ、信じておくれ」「ららら、優しいね、るるる、笑っておくれ、ららら、優しいね、るるる、抱きしめとくれ」と、戦場に散った男への想いで張り裂けんばかりの女心が歌われる。

さださんの「悲しみ路線」は、状況設定に驚き、また選ばれた言葉に想いを重ねながら、何度聞いても琴線に触れ心を揺さぶる。

こうした激しい悲しみと少し距離を置いて、時間的経過もあって亡き人や元彼女との思い出の場所で、回想するパターンもさださんの得意とする手法でもある。『黄昏迄』もそうした一曲である。海で亡くなった彼女を想うゆったりした静かな悲しみもまた、心の奥底に沁み渡る。『みるくは風になった』に通じる。哀しみ・哀しみの態様は、星の数ほどあることをさだきさんは示してみせる。

こうしたさだきさんの歌詩を見ていると、島崎藤村が今の世に舞い戻ってきたかのような錯覚にとらわれてしまう。

(2) 侮るなかれ「私小説」

明治期において隆盛を極めた「私小説」のジャンルが、人々に受け入れられた理由は、そのリアリティーにある。何しろ実話だから、自然にドキュメンタリーの迫力が読者に伝わってくるからである。純文学がプロレタリア文学や大衆受けする社会派小説に押された要因が「リアリティーの欠如」にあるのではないか、との指摘がある。これは、詩の世界でも同じことである。さだきさんが、いくら美辞麗句や古典的な表現を用いようと、この「リアリティー」が感じられなかったら、受け入れられなかったであろう。表現力に長けたさだきさんが描く、私小説的歌詩の持つ迫力は、ヒット作品の裏付けとなっている。さだきさんの、**一連の家族もの**『無縁坂』(母)、『転宅』(親父と一家)、『案山子』(弟と母)、『親父の一番長い日』(親父と妹と家族)らの作品に加えて、親類もの『精霊流し』(従兄とその彼女)、『フレディもしくは三教街』(母)、

『椎の実のママへ』（伯母と従兄）は、内輪話を普遍的なものに押し上げた作品群である。さらに、郷里長崎で知己を得ていた盲目の古代史研究家宮崎康平氏（『まぼろしの邪馬台国』の著者）が死んだ時（80年）に見た夢を描いた『邪馬臺』である。私が、この著書を初めて読んだのが、60年代半ばの大学入学後まもないころで、美しいハードカバーと横に描かれた奥様との二人三脚の写真が印象的だった。のちに宮崎さんが『島原の子守唄』の作詞をした人であることを知った。松本清張とは違った角度から、一大ブームとなった邪馬台国論争に一役買った。ともあれさだまさしんの『邪馬臺』は、夢とはいえ「邪馬臺」のロマンを追い続け、一生を走り抜いた宮崎康平さん（さださんは先生と呼んで敬愛していた）のことが夢幻の中に描かれた作品である。これらの経緯は、さださんの著書『さまざまな季節に』に描かれている。宮崎さん（さださんの夢の中では、宮崎さんが恋焦がれた夢―邪馬台国の弥生人と島原の海で対面する―を叶えた）を悼むさださんの思いが、ロマン溢れる描写と共に迫ってくる、そんな曲である。夢でさえ「リアリティー」を持たせてしまうさださんの手法を垣間見る思いである。

（3）「さだ小劇場」今日も満員御礼・札止め

さだるさんの小話は、止まるところを知らない。手を変え、品を変えして、ひっきりなしに出てくる。

『住所録《アドレス・ノオト》』『肖像画《ポートレート》』は、題名に例の、日本語を外国語読みして歌詞に取り込む手法である。『**住所録**』は、失恋した私が、相手への未練絶ちがたく一人遊び・一人芝居をするなんとも「やるせない」光景を描く。「相手の名前を消しても住所録は捨てられない」「相手の字に似せて来るはずのない自分宛の手紙を書いて出す」「夜中に私とわかる合図で相手に出てもくれない電話をかける」といった風に。それを「アドレス・ノオト」とアクセントをつける言葉を挿入して、さらりと。『**肖像画**』は、独りよがりに生きてきた僕を支える君の姿に「二人の愛こそ大事」と気付く僕。その率直な感謝とこれから信ずる生き方をしようと決意する僕。それを肖像画に準えて描いた作品。これまた「ポートレート」と英語で曲にアクセントをつける。2作品ともに、高音とロングトーンは健在である。

『第三者』と『昔物語』は、「**意表をつく設定**」に属する作品である。『**第三者**』は、「一度は同じものを信じた二人が」「奇妙にも見知らぬ人になる日、もう明日は第三者」という設定。シャンソン風のリズミカルな曲に乗せて歌う。そんな二人に、レストランの「最後のご注文は？」と聞いてくる店員の言葉に重ねる。それを「ラストオーダー」と「最後の注文」という二通りの言い方で、食べ物と相手への最後に言いたいことをダブらせる。上手いやり方である。しかも曲の終わり方が「最後の注文は」でスーと消えるように、ユニークである。

『昔物語』は、仲良しの3人の男女（A男はB女を愛し、B女はC男を愛し、C男は別の女を愛する）が、3人とも失恋してやけ酒を飲んで、10年後に3人ともそれぞれの家庭を持って暮らし、昔を懐かしんで3人で語り合いたいね、というお話。さださんにしては、珍しく愉快な設定でのハッピーエンドで微笑ましい。ほのぼのとしたコミカル路線とでも言おうか。やっと一息つけそうな感じになる。テレビでも、時には結果の見えている時代劇でも見ようかといった気分にはもってこいである。

『小夜曲《セレネード》』と『北の国から』は、**メロディー先行型の作品**である。『北の国から』は先述したように映画音楽の主題歌でもあるが、歌詞は「アーアーー～、ンーンーー～、ララララーーー～」しかないが、北海道の大自然にマッチしたとてもおおらかな曲である。あの長渕剛の『乾杯』によく似た部分が出てくるが、たまたま同じ時期に作られた。**『小夜曲《セレネード》』**は、元々「さよきょく」とは呼ばれない、普通は「セレナード」といわれている。さださんは一貫して「セレネード」である。クライスラーのバイオリンでも聴いているような前奏・間奏の中で、文語体の甘い詩が奏でられる。『惜春』以来のバイオリンである。ここぞというきかせ所でさださんが使うバイオリンの音色は本当に美しい。

9 名作曲家の道具部屋（工房）を覗いてみると……

これまで、グレープ解散後〜80年代初頭までの初期さだ作品を主として歌詩を中心に概観してきた。ごく大雑把にいえば、悲しい曲の印象の強いさださんだから、一部のコミカルな作品を除いては、短調の曲がほとんどであろうと思ってしまう。

82年1月に初版発行された『さだまさし　全曲集』（新興楽譜出版社　略称シンコーミュージック）に収載された83曲のうち、32番目の『唐八景―序』は作詞作曲不詳と書いてあり、また4番目の『冗句』、6番目の『夕凪』30番目の『加速度』は、渡辺俊幸氏の作曲と書いてあるので、これらを除き、54番目の『0－15』には1曲中に二つの曲が含まれているので（54－1、54－2）二つに分割して考え、全部で83－4＋1＝80の曲を考えてみることにする。なお曲の頭にある番号は、上記で除いたものも含め、この書籍に描かれた83曲の順番に、筆者が便宜上つけて使っている。

　この表を見ると、いかに数字上は印象と異なって、実に55曲（69％）が長調（major）で、わずか25曲（31％）が短調（minor）となっている。印象とは恐ろしいものである。かといって、長調（major）では悲しみを持った曲が少ないのかというと、それも違う。長調（major）でも悲しみは表現できる。その表現の仕方が、異なるということに気が付く。また、全体の9割近くが、4／4拍子で、さださんの頭の中には、この拍子が基本となって、七五調なりの歌詩が、出来上がっていく、そんな構造になっている。そしてパターンⅠほかⅡやⅢなど、さまざまな4／4拍子のパターンが、ギターテクニックを伴って、既述のように主として歌詩のさださんの素晴らしい特徴を生かしながら、歌詞の最適な表現方法が選び出されて、音曲として紡ぎ出されていく。ヨハン・セバスチャン・バッハがパターンⅠの繰り返しで夥しい教会カンタータやミサ曲を作ったのに似てなくもない。さださんの「ギターテクニック」の高度な多様性が、大きな役割を果たしていることに気が付く。

作曲分類表

『さだまさし　全曲集』（新興楽譜出版社　1987）収録　83→80曲を分類
（・内、1曲作詞作曲不詳　渡辺俊幸氏作曲分3曲を除外
・さだ氏作曲　54を2曲に分割　なお69・15：長調へ）

original key		長調（major）							短調（minor）					計
		G	D	C	F	A	E	計	E	A	D	C・G・F・B	計	
4/4拍子	パターンⅠ ♬♬	7、10、17 19、26、34 42、52、57 64、65、74 76、83	13 18 31 37 45	54-1 56 61 77	16 23 27 66	44 48	69 72 80		1 8 14 70	63	46	F21 G29		
	（小計）	(14)	(5)	(4)	(4)	(2)	(3)	(32)	(4)	(1)	(1)	(2)	(8)	51% (40)
	パターンⅡ ♫♬♫♬	12	—	—	28	75	—	(3)	60	58	33	B40	(4)	(7)
	パターンⅢ ♩♫♬	9、22、41	79	35	—	—	—	(5)	—	—	—	—	—	(5)
	その他15パターン	50、82	62 71	51 53	54-2	3 15 78	39	(11)	24 38	24、49 55、59	67	—	(7)	(18)
	計	(20)	(8)	(7)	(6)	(6)	(4)	64% (51)	(7)	(6)	(4)	(3)	25% (18)	89% (70)
3/4・6/8拍子	♫♫♫	47	—	—	—	—	—	(1)	36	—	68	G5	(3)	(4)
	♬♬	43	—	—	—	—	—	(1)	—	—	73	—	(1)	(2)
	他	20、25	—	—	—	—	—	(2)	84	—		C11	(1)	(4)
	計	(4)	(—)	(—)	(—)	(—)	(—)	(4)	(2)	(—)	(2)	(2)	(6)	11% (10)
合　計		(24)	(8)	(7)	(6)	(6)	(4)	69% (55)	(9)	(6)	(6)	(5)	31% (25)	100% (80)

（１）悲しみの短調（25曲～内19曲が４／４拍子、６曲が３／４ないし６／８拍子）

①**「どうにも救われない悲しみ」**を表現している印象的な曲は、A-minorに集中している。55『神話』、58『鳥辺野』、63『明日檜《あすなろ》』で、これに２『線香花火』が続く。同じように交通事故で亡くした恋人を歌った51『みるくは風になった』も愛する人を亡くしたのだから、どうしようもないほど悲しいのはわかりきっている。でもさださんは、この曲を「美しい追想」として描いた。「OH～～みるく～I miss you―」と英語で綴り、抑揚と静かなロングトーンで湿った悲しみではなく、美しさを湛えた悲しみの曲としてC-majorで仕上げた。その意味で、この曲は異彩を放つ。

②「美しい情景の中の悲しみ」を表現するのに、さださんは、E-minorをよく用いている。14『飛梅』、38『春告鳥』、60『邪馬臺』、70『惜春』がこれに当て嵌まる。これらには、悲しみの中にある種の「ロマン」が潜められているような気がする。また、33『風の篝火』＝D-minor、21『晩鐘』＝F-minor、29『秋桜《コスモス》』＝G-minor、40『空蟬』＝B-minorだが、これらも同様の趣きがある。36『まほろば』は３／４拍子だが同様である。すれ違う二人の心に悩み苦しみ徘徊する男の気持ちを３／４

拍子で表し、最後に叫ぶように終わる悲しみ効果は類を見ない。しかし、3／4拍子で、E-minorの81『苺ノ唄』は、文語体で書かれた戦死した男の日記とそれを後に本国で見て「ららら〜るるる〜」と縋るように歌う部分とでは様相が全く異なり、①の「どうにも救われない悲しみ」である。独特の3／4拍子と歌詞のマッチングでこうも変化させられる技である。その意味では、6／8拍子でD-minorの73『椎の実のママへ』も、こちらの方が先に作られたが、ギターの「タタタ、タタタ」が、通奏低音でストーリーの進行と共に悲しみを演出する効果を狙っている。

E-minorで面白いのは、8『転宅』である。哀楽相半ばするこの曲だが、さださんは短調で描いた。歌詞では相半ばすなわちニュートラルでも、気分としては、ネガティブということなのかもしれない。

③もう一つ大きなスケールでドラマティックに描かれているのが、D-minorの46『防人の詩』である。これは、歌詞の力が、メロディーを大きく上回って、曲全体を包み込んでしまったとしか言いようがない。質問形式や繰り返し形式を使って、より効果的に盛り上げるために、単純さをもつメロディーにすることで、より強い感情表現ができることをさださんは、難なく手にしている。映画音楽ならではである。

④この短調に名曲が多い理由の一つに、さださんのバイオリン・ギター・ピアノなど楽器の用い方が抜群であることが言える。バイオリンとギターの組み合わせで、印象的な曲は、8『転宅』、14『飛梅』、36『まほろば』、70『惜春』。またギター伴奏では、同じパターンの33『風の篝火』、40『空蝉』、58『鳥辺野』、60『邪馬臺』、そしてピアノ伴奏では、21『晩鐘』、29『秋桜』、38『春告鳥』、63『明日檜《あすなろ》』が特に歌詩を引き立てる力が凄いと思う。

（2）長調：ここにもさだ作品の真髄が（55曲）

短調の2倍以上の作品を描いた「長調」、その中でも24曲あるG-major（ト長調）は、4割以上を占め最も自然にさださんがイメージを作りやすいのだろう。そんな長調の曲では、こんな名曲が生まれている。

①**「長編語り物、とりわけコミカル」は長調以外にない。**
69『雨やどり』、18『もう一つの雨やどり』、72『親父の一番長い日』、44『関白宣言』であるが、これらはいずれもわりあいゆったりしたテンポで、パターンⅠで作

られている。話して聴かせるこの種の曲はこれが一番似合う。さださんの最も基本とする形でもある。同じ長編のコミカルでも、語って聴かせるよりも、よりテンポ重視で胸躍らせる曲を狙う時は、パターンⅠでは収まり切れない。パターンⅢの35『パンプキン・パイとシナモン・ティー』やその他のパターンを使った50『聖野菜祭《セント・ヴェジタブル・デイ》』、54『0－15《ラヴ・フィフティーン》』、3／4拍子の43『敗戦投手』は、出色のコメディである。

短編語り物もこれに続く。7『童話作家』、27『天文学者になればよかった』、62『昔物語』、64『分岐点』、そして3／4拍子の25『魔法使いの弟子』である。いずれもが、さだ小劇場の定番の出し物になっている。

②「悲しみの中に光明を」については、短調ではなく長調で。

その場合は、長調の中にminor-codeを取り入れることで、微妙な悲しみを表現できることをさださんは極めて巧みに取り入れている。10『指定券』、26『フェリー埠頭』、37『療養所《サナトリウム》』、56『博物館』などなど。全体が長調の中でのこうした表現は、短調の「救いようのない悲しみ」ではない「微妙な悲しみやわずかな光明」をその中に見ることができるような気がしてならない。こうした様々な色合いを人々や人生の中に見出せることは、世の中が原色世界だけではなく、むしろ様々な色合いがあって、その中で生活している我々の日常でもあり、それに素直に向き合えるさださんの自然な姿勢でもある。

③「喜び・ほのぼの・しみじみ表現」を素直に表現

「喜び～ほのぼの～しみじみ」の表現の代表作は、45『天までとどけ』、15『きみのふるさと』、20『桃花源』、また、28『案山子』、47『聖夜』、66『小夜曲《セレネード》』とさらには「あ～あ」「ん～ん」「ラララ」とメロディー主体の83『北の国から』とメロディーを主に聴かせる手法（20、47、66、83）も併用している。それが、リラクゼーション効果を醸し出して、ほのぼの・しみじみ感を感じさせるのに大きな役割を果たしている。

④最後が、「誰かにエールを」には、このやり方しかない。

このジャンルでの最高傑作は、74『道化師のソネット』であろう。あの出だしの倒置的な盛り上がりから始まり成功する曲想は、なかなかできない。75『HAPPY BIRTHDAY』や77『驛舎』のような傷心の女性に送るエールもあれば、79『むかし子供達は』では「がんばれ、今の子供達」と繰り返す。そうかと思うと、静かに自分へのエールも出てくる。56『博物館』様々な態様でも、4／4拍子で歌い上げる。

10　タイトル考

ここで、さださんのここまで、自らが冠してきたタイトルについて、少し考えてみたいと思う。

(1) まず、ALBUMの名前についてである。

『帰去来』『風見鶏』『私花集』『夢供養』『随想録』『交響詩―挽歌』『印象派』『うつろひ』『昨日達』とある。『うつろひ』を除いて、**漢字3文字**となっている。さださんの、漢字3文字へのこだわりは、ALBUMの名前ばかりではない。『うつろひ』は、ALBUM名こそ、ひらがな4文字だが、そこに収められた10曲は全て、漢字3文字となっている。まるでALBUM→曲名に漢字3文字が〈うつろった(移ろった)〉かのように。

『**帰去来**』は、中国の陶淵明の有名な詩で、彼が官職を辞して、「故郷に帰ろう」と詠ったもので、『漢和中辞典』（貝塚茂樹ほか、角川書店）では、「故郷に帰り去ろう。役人をやめて故郷に帰る決意を述べた言葉。去来はさあという気持ちを表す助辞」とある。さださんが、グレープを解散して、独立独歩で行こうと決意したことと無関係ではないであろう。しかも、中国および中国古典にも、以前から相当な知識と関心を抱いていたことを示している。

『**風見鶏**』は、独立して2年目のものである。自身が、どういう方向性を持って、今後打ち出していけば良いのか、自身の可能性を信じながら、聴く人の心を打つものが何であるか、そうした自然の「風」を読もうとする姿勢のようにも見える。

『**私花集**』には、〈アンソロジー〉というふりがなも付されている。自分が気に入ったものを集めた作品集という意味であろうか。ここには、先述のように、さださんのチャレンジングなものが、幾つも収められている。

『**夢供養**』は、いよいよ4年目で、「さだワールド」の色合いがくっきりと浮かんできた時期である。このALBUMの第一曲といっても、さださん自身ではなく、作詞・作曲者不詳とあるが、『唐八景—序』という曲を掲げている。唐八景は、さださんの故郷長崎にある公園の名前である。さださんが、自身の基本的な立脚点が、故郷にあり、そこから着実に踏み出していこうとする、そんな意味にもとれる選曲である。そう考えて、〈夢供養〉という言葉を考えると、上京してから、追い続けてきた様々かない夢や理想ではなく、本当の自分を発見していけるのは、地に足の着いたここからしかないという、そんな強い思いを感じる。

この『さだまさし　全曲集』（既出）では、『**随想録**』からは3曲のみ、『**交響詩―挽歌**』からは2曲のみ掲載されているので、あまり取り立てての感想は、私には湧かない。ただ、後者には、『防人の詩』と『聖夜』があり、壮大なイメージとあう。

『**印象派**』は、『私花集』でのチャレンジングな成果が、一気に表出したALBUMである。これまでの作風を変えたのかと思わせるものや、心の奥深くに入っていく程度が、一気に深まっていく、そんな曲が収められている。さださんにしてみれば、西洋絵画の世界で、印象派が出てきたような、そんな新しい時代を感じる光景が、眼前に広がり始めたのかも知れない。

『**うつろひ**』は、〈文語体のひらがな〉という、ALBUM名としては、〈漢字3文字〉の世界から大きな転換を図ったが、収録された曲は全て〈漢字3文字〉という、面白い構成である。これはおそらく偶然ではない。ここでは、悲しみ一色であるが、とは言っても多様な悲しみである。その中を行ったり来たり彷徨いながら。〈うつろひ〉は、「移ろい」であり、「虚い」でもある。回想・夢想・幻想などを伴いながら、さださんは、さらなる表現の多様性を探っているように見える。

（2）次に一つ一つの曲の名についてである。

まず、漢字の文字数で見てみよう。83曲中で、一番多い〈漢字3文字〉が21曲（25％）、次いで、〈漢字2文字〉が13曲（15％）、〈漢字4文字〉が12曲（14％）、合計46曲（55％）と半数以上を占める。

また、ひらがなの曲は6曲（7％）。英文字3曲（4％）となっている。長いタイトルは、5曲（6％）

こうした曲で、7割以上を占める。

また特徴的なことの一つに、漢字を当てて、外国語読みをする例が見られ、それがアクセントにもなっている。『異邦人《エトランゼ》』『檸檬《レモン》』『秋桜《コスモス》』『歳時記《ダイアリイ》』『療養所《サナトリウム》』『距離《ディスタンス》』『聖野菜祭《セント・ヴェジタブル・デイ》』『推理小説《ミステリー》』『住所録《アドレス・ノオト》』『肖像画《ポートレート》』『小夜曲《セレネード》』『長崎小夜曲《Nagasaki-city-serenade》』と12曲（14％）もある。

古典や他者の作品などに依拠したネーミングについてである。『多情仏心』（仏教）『異邦人』（カミュ）『飛梅』（菅原道真公の飛梅伝説）『セロ弾きのゴーシュ』（宮沢賢治）、『防人の詩』（万葉集）と5曲挙げられる。こうした例は、歌詞の中には、より多く見られる「傾向」と言ってもいいくらいである。また自作に依拠したものでは

『もう一つの雨やどり』（『雨やどり』）がある。

タイトル名が歌詩には出てこないが、歌詩内容にうまくフィットした題名もさださんはうまい。『夕凪』『桃花源』『晩鐘』『まほろば』『関白宣言』『防人の詩』『聖夜』『博物館』『邪馬臺』『不良少女白書』『生生流転』『惜春』『道化師のソネット』と13曲（15％）もある。これらは、さださんが、歌詩の中には入れずに、タイトルで内容を言い表そうとする強い意図が感じられる。ここまでくると、歌詩を作ることは、小説を書くことと同じだと感じる。さださん自身もそう考えていたのではないだろうか。つまり歌詞はメッセージであり、曲として仕上げた作者の強い主張そのものだということであろう。

これまでさださんの初期作品の魅力を歌詩・作曲両面から外観してきた。そして、既述のように「感性」「道具・工房」「情熱・パワーエンジン」の3つが、相互作用を及ぼし、ますます多方面にかつ緻密に増強されて、枯渇することのない創作活動に結びついて、今日に至っていることを突き止めてきた。

それにもう一つどうしても指摘しておかなければならないのは、バイオリンやピアノ、さらにはストリングスなどの器楽曲に編曲したものを、シャンソンや軽音楽として聴いてみると、素晴らしい味わいを醸し出してくれる曲が大半であることに、驚きを隠せないというのが、正直な感想である。クラシック音楽だけでなく西洋音楽に深い関心と理解があるからこそで、それだけさださんの作品が、歌詞抜きでも優れていることに注目すべきと思う。さださんの曲の中で多く見られる、「女性の立場から、失恋・別れの悲しみを歌った曲」を女性歌手（私好みで言えば、梓みちよや高橋真梨子などハスキーで味わいある声の持ち主もいいし、森山良子のような透き通る高音の素晴らしい歌い手）にカバーしてもらい、たくさん歌ってもらえると嬉しい。そして編曲面では、合唱曲にしても、素晴らしい曲になるのでは、と思われる曲も散見されるので、これも誰か手がけてもらえないかなあ、という願望もまた出てくる。さださんの曲には、そんな広がりを感じる、不思議な力が潜んでいるように思う。

つまり私の結論は、『さだまさしく天才論』ということであった。古稀を過ぎて、一体さださんは、どんな「感性」を抱いた境地に至り、作品化してくれるのだろうか？　その前に、本稿（で書いた80年代初期）以降～今日までのさだ作品を私自身がしっかり聴いて味わう必要があるが、それはそうとしても、今後のさださんにますます期待してしまうのは、私だけではないであろう。

さだまさし初期作品（グレープ解散後76～82年前半）：前掲の『さだまさし全曲集』（新興楽譜出版社1982年）収録曲の83曲

……ALBUM・曲の順番は、これに基づくが、それらの番号は筆者が便宜的に付した。また記載した年度は、同書に記載された著作権取得年度である。なお同書には、32『唐八景―序』の作詞作曲は不詳との記載あり。また4『冗句』・6『夕凪』・30『加速度』の作曲者は渡辺俊幸との記載あり。その他は全てさだまさし作品といえる。

ALBUM 1　帰去来（76年　4『冗句』と6『夕凪』は77年）

1『多情仏心』、2『線香花火』、3『異邦人《エトランゼ》』、4『冗句』、5『第三病棟』、6『夕凪』、7『童話作家』、8『転宅』、9『絵はがき坂』、10『指定券』、11『胡桃の日』

ALBUM 2　風見鶏（77年）

12『最終案内』、13『つゆのあとさき』、14『飛梅』、15『きみのふるさと』、16『思い出はゆりかご』、17『セロ弾きのゴーシュ』、18『もう一つの雨やどり』、19『吸殻の風景』、20『桃花源』、21『晩鐘』

ALBUM 3　私花集（アンソロジー）（78年）

22『最后の頁』、23『SUNDAY PARK』、24『檸檬』、25『魔法使いの弟子』、26

『フェリー埠頭』、27『天文学者になればよかった』、28『案山子』、29『秋桜《コスモス》』、30『加速度』、31『主人公』

ALBUM 4　夢供養（79年）

32『唐八景―序』、33『風の篝火』、34『歳時記《ダイアリィ》』、35『パンプキン・パイとシナモン・ティー』、36『まほろば』、37『療養所《サナトリウム》』、38『春告鳥』、39『立ち止まった素描画《デッサン》』、40『空蝉』、41『木根川橋』、42『ひき潮』

ALBUM 5　随想録

43『敗戦投手』（78年）、44『関白宣言』、45『天までとどけ』（79年）

ALBUM 6　交響詩―挽歌

46『防人の詩』（79年）、47『聖夜』（80年）

ALBUM 7　印象派（48『距離』のみ78年、他は（80年）

48『距離《ディスタンス》』、49『検察側の証人』、50『聖野菜祭《セント・ヴェジタブル・デイ》』、51『みるくは風になった』、52『たずねびと』、53『推理小説《ミステリー》』、54『0 ― 15《ラヴ・フィフティーン》』、55『神話』、56『博物館』

ALBUM 8　うつろひ（81年）

57『住所録《アドレス・ノオト》』、58『鳥辺野』、59『第三者』、60『邪馬臺』、61『肖像画《ポートレート》』、62『昔物語』、63『明日檜《あすなろ》』、64『分岐点』、65『黄昏迄』、66『小夜曲《セレネード》』

ALBUM 9　昨日達《イエスタデイズ》（81年）

67『不良少女白書』、68『生生流転』

SINGLE

69『雨やどり』（77年）、70『惜春』、71『なつかしい海』、72『親父の一番長い日』（以上79年）、73『椎の実のママ』（78年）、74『道化師のソネット』、75『HAPPY BIRTHDAY』、76『とてもちいさなまち』（以上80年）、77『驛舎《えき》』、78『APRIL FOOL』、79『むかし子供達は』（以上81年）、80『しあわせについて』、81『苺ノ唄』、82『長崎小夜曲（NAGASAKI-CITY-SERENADE）』（以上82年）、83『北の国から』（81年）

11 「文筆家さだまさし」の登場

もう一つ、大事なことを書き忘れていたことを思い出した。さださんが、初めてのエッセイ・短編小説である『さまざまな季節に』（さだまさし　文春文庫）についてである。この文庫本に収載されているのは、３章（23の）エッセイと5篇の短編小説

料金受取人払郵便

新宿局承認

2523

差出有効期間
2025年3月
31日まで

（切手不要）

郵便はがき

1 6 0-8 7 9 1

1 4 1

東京都新宿区新宿1－10－1

（株）文芸社

愛読者カード係 行

ふりがな お名前				明治 大正 昭和 平成 年生 歳	
ふりがな ご住所	□□□-□□□□			性別 男・女	
お電話 番　号	（書籍ご注文の際に必要です）	ご職業			
E-mail					
ご購読雑誌（複数可）			ご購読新聞 新聞		

最近読んでおもしろかった本や今後、とりあげてほしいテーマをお教えください。

ご自分の研究成果や経験、お考え等を出版してみたいというお気持ちはありますか。

ある　　ない　　内容・テーマ（　　　　　　　　　　　　　）

現在完成した作品をお持ちですか。

ある　　ない　　ジャンル・原稿量（　　　　　　　　　　　　　）

書　名				
お買上 書　店	都道 府県	市区 郡	書店名	書店
			ご購入日	年　　月　　日

本書をどこでお知りになりましたか?

1.書店店頭　2.知人にすすめられて　3.インターネット(サイト名　　　　)

4.DMハガキ　5.広告、記事を見て(新聞、雑誌名　　　　)

上の質問に関連して、ご購入の決め手となったのは?

1.タイトル　2.著者　3.内容　4.カバーデザイン　5.帯

その他ご自由にお書きください。

(　　　　)

本書についてのご意見、ご感想をお聞かせください。

①内容について

②カバー、タイトル、帯について

弊社Webサイトからもご意見、ご感想をお寄せいただけます。

ご協力ありがとうございました。

※お寄せいただいたご意見、ご感想は新聞広告等で匿名にて使わせていただくことがあります。

※お客様の個人情報は、小社からの連絡のみに使用します。社外に提供することは一切ありません。

である。この本は1983年9月に第一刷に出されているので、さだまさんが、30歳を少し超えた頃のもので、それまで書き溜めたものも含まれている。グレープ時代も含め、さださんが初期作品を世に出した頃にあたる。さださんが、音楽のみならず文筆活動の背景にあるものが、なんであるのかを探る上で、本人自らが語る貴重な資料でもある。この文筆家としてのさださんの異能ぶりが、あの素晴らしい楽曲作りに、大きな影響どころか「道具ないしは工房」の一部になっていることがわかる。また、楽曲作りや、コンサート活動が、その後の文筆活動の領域を広げ、より深い思索に影響し、より高次元の相互作用を生み出していることは疑いない。

（1）23のエッセイの特徴

エッセイは、いうまでもなく「自分」が思うこと感じることを文章にするものなので、自分の周辺の事柄が、「対象」になる。

①**楽曲の背景**といえるものが、ふんだんに語られる。
「歓迎『春』御一行様」～『飛梅』、「江戸の仇は長崎で」「皐月抄」「邪馬臺の風」～『精霊流し』『絵はがき坂』『椎の実のママへ』『長崎小夜曲』、「邪馬臺の風に寄

す」「邪馬臺の風」～『邪馬臺』、「伯母のこと」～『精霊流し』『椎の実のママへ』、「皐月抄」～『雨やどり』『つゆのあとさき』、「蛍祭り」「あざやかな秋」～『風の篝火』、「我が相棒達の記」～『あこがれ』などグレープ時代の作品・ALBUM『帰去来』『風見鶏』『私花集』『夢供養』、「あけましておめでとうございます（80）」～『関白宣言』

②さださんの主張が明確に語られるものが出てくる。

・「**遠くへ行きたい**」～歌の生命力とはつまり、テーマの普遍性であって、言葉の普遍性であると思う。メロディーに比べて歌詞の寿命は短いのが普通であるから、ある作品が枯死する場合、まず歌詞から朽ちる。……誰にでもあるものを「初めて」言うのが詩人なのだ。

～～この彼の主張については、私が歌詞のところでも引用した通りで、さださんの重要な核をなしている。

・「**静岡県奥大井寸又峡にて**」～（日本のイルカ・鯨を食糧として捕獲する文化について賛否あって難しい問題だが）だからといって、そういう日本人に自分の音楽は聴かせぬ、と発言したオリビア・ニュートン・ジョン等は、芸術を笠にきて思想を押しつける最も恥ずかしい低俗な精神であると共に、音楽家として最も忌まわしい種類の思い上がりだと言える。

・「**あざやかな秋**」～（菊の品評会に関連して）犬にせよ花にせよ、それを育てることはすばらしいが、育ったものを競い合わせるのは、どんなものですか。一寸飛躍しますが、タレントを育てちゃ取り替える芸能プロと、寸分違わぬ次元です。従って僕はミスなんとかコンテストを全く信じない。

・「**あけましておめでとうございます（79？）**」～懐古に終始して結局現在否定につながるものは、確かにいやらしい。……（しかし）我々は過ぎ去ったものは美化するという伝統的な、日本人的馬鹿さを持ち合わせているのです。これは大切にしなければいけません。……我々は、過去のドラマティックな、又、ロマンチックな出来事を反芻しては、現在を確認すべきで……（それによって）「現在」というものを客観的に―或いは冷静に観る目が培われる……但し、過去を絶対的なものにするべきではない様に思います。……我々にとって最も大切なのは明日……だからこそ明日につながる今日を大切に～～この彼の「生きる」ことへの肯定的な姿勢（人生観ともいえる）は、多くの楽曲の歌詞の中に見られる。例えば、一定の諦念を感じさせながらも肯定的な『無縁坂』『転宅』『療養所』『立ち止まった素描画』『博物館』『生生流転』『HAPPY BIRTHDAY』などに出てくるし、こうした人生観に基づいて、『道化師のソネット』などの励ましの楽曲にもつながっている。

・「**不必要な祭り**」～ふと不安になるのは、外国で始まった、一連の正当な権利運動に呼応して日本人までが立ち上がる。いや、それがいけない、などというのではありません。でも昔から、我々は、集団生活のための、あらゆる忍耐をしてきたのではありませんか？……「困ったときはお互いさま」……ガマンをするのが馬鹿馬鹿しい、という、正当な主張は、だがしかし同時に、我々の潤いの部分迄追い落とそうとしています。……いつの間にか思いあがってしまったのですね。

～これは、いかにもさださんらしい。さださんの優しさの源泉を見るような気がする。だからあのような心温まる楽曲が生み出せるのだと思う。西欧的な合理主義的な思想からは決して生まれない、優れて「日本的香り」のする曲が多い所以と言える。

③さださんのユーモア満載である。

・「歓迎『春』御一行様」～このタイトル由来
・「春告鳥」～倉本聰さん宅でのリスやアオダイショウの命名
・「江戸の仇は長崎で」～観光課長への出世
・「くしゃみ考」～語源
・「初夢考」～夢について父親とのやりとり
・「歯医者と地球防衛についての一考察」～抜歯・インベーダーゲーム

④山本健吉さんの言葉と決意～「つれづれなるままに」

山本氏の「(日本におけるシンガーソングライターの元祖は『能』の世阿弥だということに関連して)自分一人で、ことば作り、節づけ、演ずる事を行う者は、それらを第三者にゆだねるよりも、倍、三倍と、説得力を持つし、自由なのだ。」という言葉をさだまさしさんは「従って、そういう場をお前は与えられておるのだから、もっともっと努力して、本当に芸術性の高いものを目指さなければいけないぞ」との励ましの言葉と受け取り、以後も頑張り続ける。

そして、山本氏の『ことばの歳時記』でいう新しい季題「のっこみ鮒」の気持ち‥「丁度釣り人が釣り糸を垂れる様なもんで、俳人の誰かがこれをみつけて、秀句を生んでくれぬかなあ、と待つ心境だね」に反応したさださんは、「スケールは違うが、僕が自分の詩の中に置いた重要なひと言を、誰かが気付いて、それを指摘してくれる時のこちらの気持ちにきっと似ているのでしょう」と書いている。

～これはさだ作品を鑑賞する者に大いなる緊張感をもたらす言葉である。こんな私のエッセイでは、まだまだ及第点はもらえそうもない。

（2）5篇の短編小説

ここに書かれている5篇の短編小説のうち、『同人誌』を除く4篇は自伝的小説と言ってよい。

①『**泣いた赤鬼**』は、（濱田廣介の同名の児童文学を意識したかはわからないが）さだ__さんが妹の結婚相手と飲みながら語る、弟と妹（それに父親も絡んで）の祭りの風船を巡る思い出の中で、きかん気の強い妹思いの弟が初めて家陰で涙するという物語である。さださんの父親が事業に失敗して、やや貧しい環境での家族の慎ましい生活の中の、家族愛・兄弟愛が、見事に描かれている。この頃の、家庭の経済状況は、『転宅』という語り調子のさださんの曲によく表れている。さださんのこの短篇で見せた「構成上の工夫」「進行の妙」は、単なる内輪話を超えて、誰もが追体験できるように読者を弥が上にもこの世界に引き摺り込む力がある。この一作で、さださんの家庭環境や親子・兄弟関係が、くっきりと浮かび上がってくる。そして、家族愛や兄弟愛が、さださんの心の風景の中心部分を占めていることに改めて気付かされる。だからこそ、『無縁坂』『フレディもしくは三教街』に続き、『転宅』『案山子』『親父の一番長い日』など〈家族もの〉を説得力ある歌詞をメロディーに載

せることができたのだろう。

②**『出雲路』**は、高校卒業旅行を6人（途中から5人）の仲間と3組（2人1組）で、東京駅からそれぞれが秘密のルートで出雲大社で待ち合わせるという面白い企ての顚末という青春の1ページを赤裸々に描いている。さださんの組の奈良天理でのことや、途中の京都で合流した他の組の一人がやむを得ない事情で抜けたり、出雲でのもう一組との再会の喜び、津和野での幼い少女との別れなどなど、センチメンタリズム満載である。さださんと仲間たちの当時の純真な青年たちらしい考えや行動には、誰もが共感を覚えるような書き振りである。当事者にとってみれば、それ以上でもそれ以下でもない「まぎれもない青春の記録」であり、「忘れえぬ青春の風景」である。まるで「青春映画」を見るようで、そこがいい。

③**『青春のかげりの中で』**は、それまでのさださんの人生の中で、最も窮地に陥った時期であろう大学2年の時の話である。学業には展望を見出せず、さりとて好きなバイオリンの道にも進めない、友人がさださんの部屋に転がり込んできて二人は荒んだ生活をし、退学するかどうか迷う。そんな中で肝炎を患い故郷に帰り静養し、復帰後も生活苦に加え、将来展望が持てない状況で、あんなに兄弟のように大事に

していたバイオリンを質入れする。「終わりだな……」と。そんな時、友人がプロバンドのベーシストの職を見つけて稼いだ金で、バイオリンを取り戻してくれる。そこで、話は終わる。さださんの音楽作品で出てくる、何らかの理由で〈どうしようもなく打ちのめされた人〉の気持ちやそうした人たちを暖かく包み込む深い愛情の源泉は、この時の体験にあるのではないか、と思ってしまう。『ひき潮』や『不良少女白書』などは、こうした経験がなかったら、描けなかった曲ではないだろうか。似たような曲は描けても、心に刺さってくる歌詞は作れないであろう。

④**『珍さんの薬』**は、何とも滑稽極まりない「夢」の話である。皆、実名で登場する。連戦連敗の野球チーム「サーカス」を組織して、宿敵土居まさるの率いる「少年ジャイアンツ」との一戦の前に、さださんの弟の台湾の友人珍さんの薬をチームメンバーが飲んで眠り込み、さださんも夢を見る。そして「サーカス」は「少年ジャイアンツ」だけではなく、プロ野球のチームをこの薬の力で薙ぎ倒していく、という痛快な夢である。この話のミソは、「夢から覚めて、プロチームまでコテンパンに破ってしまう快挙」が、実はまだ夢の中であって、本当に夢から覚めて、またもや「少年ジャイアンツ」にあえなく負けてしまう、というそんなオチである。さださんの願望を夢で叶えてしまう、それを小説化する茶目っ気は、さださんならでは

である。ひょっとすると「珍さんの薬」自体実話かどうか……そこは問うまい、何せ小説なのだから。

⑤『**同人誌**』は、さださんの実体験ではなさそうである。その意味では、この本の唯一の意図して書いた「フィクション」なのだろう。もちろん、さださん自身の経験も部分的には含まれていると思われるが。同人誌の会で、新入りの大層魅力的な女性（私と主宰者の大学の後輩）が、やがて主宰者（私の友人）と同棲するが、故郷の秋田に従兄の許嫁がいる（女性は許嫁は死んだと私に話していたが）。主宰者が、小説で名を成すのと裏腹に、この女性は、この不義ゆえにか飛び降り自殺を図る。主宰者は「自分は捨てられた」という。この事件を機に私は、これまで不熱心だった同人誌活動を再稼働させ、これまでの主宰者に替わり力を入れる。しかし、目の前で起きた別の飛び降り自殺を目撃し、「なぜ飛んだのか」と、私があの女性を愛していたことを改めて知る。というもので、愛した二人の男の狭間で自殺した女性の微妙な心理と、女性を愛しながらもそばで見ているしかなかった「私」の心の動きをどううまく捉え、読者に何を語るかが焦点となる。その意味では、「やや半煮え」の感が否めない。さださん自身も「ほんとは一番読んで欲しくないのがこれなんだよな」（あとがき）と、率直に初めてのフィクションの不出来を認めている。

そんなことをちゃんと理解しているのも、さださんが小説を書く上で、成長過程のスタート地点にいる証と言えると思う。

(3) 山本健吉さんの解説と「文筆家さだまさし」について

この本(『さまざまな季節に』)の解説に、さださんと同郷で文芸評論家の山本健吉さんが、「解説」を買って出ている。山本氏は、さださんの音楽作品について、実に的確に分類指摘している。「彼の作る曲全体を主題によって分けてみると、右端にコミックの系列があり、左端にエレジーの系列がある」として例示したあとで、「以上の左右二系列のあいだに、さだの人生詩ともいうべき多様な作品が挟まり、その主題を大ざっぱに言えば、人生の愛別離苦と、帰去来、そしてそのかたわらに生まれ故郷長崎への望郷と、肉親愛の歌とが横たわる。死も愛別離苦の一つだが、主題の重さが特別のグループを作っている」と総括する。70歳を過ぎていた山本氏が、いくら同郷とはいえ、30歳前後の若手シンガーソングライターの全楽曲をここまで正鵠を射ることができるとは、驚きである。山本氏は、81年に「小説新潮　スペシャル」に『さだまさし頌』に書いたものだと紹介している。そして、あの宮崎康平氏が「(さださんの落語の才能を否定したあとで）彼のギターを弾き語りした歌を、それはいけると一度で見抜いた」として宮崎氏が発見したさださんの才能は「歌い、語り、創り、奏で、さらにまた夢みる、その総合された幅にあった」とした上で、山本氏は「その総合においてて、彼にかなう者があろうとは、まず思われない。その可能性を思いきって拡げることが出来たとき、彼にも世阿弥のような『花』が咲くだろう。語りということは、日本古来の音楽的伝統の中にあり、平家琵琶も浄瑠璃も語りに外ならないが、フランスのシャンソンも歌というより語りなのである。さだ君がニュー・フォークと称している自分の創作歌曲も、言わば語りの伝統を新しい装いで今日に生かしたものと言ってもよい。彼はコンサートで、歌う合い間に綿々と即興の語りを展開するが、それをそのまま活字に移せば、本書のごとき随想集となる。だから、このような文集も、言わば彼の楽才の拡がりの一端に違いないのである」とものの見事に総括している。

長い引用となってしまったが、こんな名解説に異論も付言もないが、宮崎康平さんといい、山本健吉さんといい、自分の親の世代（あるいはそれよりも年長）をここまで唸らせ、賛辞と激励をもらえるさださんの才能は計り知れない。お二人のみならず、山本直純さんなど大先輩との「交友」もあって、さださんの「感性」はますます磨き上げられていったに相違ない。そうした大先輩の心を汲み取ったさださんが、このたった一冊のエッセイ・小説の文庫本一つとってみても、「大いなる実験的意図」が伝わってくる。

さださんの歌や文章の魅力を一言で言えば、「(さださんの世界に)引き込む並外れた力」だと感じる。それは、さださんの持つ「総合力」であると同時に「〈光る何か〉が必ず作品に存在する」からで、それは〈ストーリー性〉や〈映像を想起させるインパクト〉を伴った「さださんの主張力(これを言いたいと強く思う)」と言い換えてもよいと思う。それが、さださんが、歌や文章を問わず、作品を作り続ける「理由」でもあると思う。

二、反骨・済民の人「関寛斎」

私は、２０２３年11月に、ついに75歳（つまり後期高齢者）になった。30代後半から40代前半にかけての、体の不調を考えると、よくぞここまで生きてこられたなあ、としみじみ思ってしまう。あの時は、①過労で肝臓を悪くし、胆嚢結石で胆嚢ごと除去手術をし、総合病院の末期の癌患者との相部屋に入ったので、自分も本当は癌なのかもしれない、と疑ってみたりした。②その前後からアレルギー体質になって、花粉症に加え、食物アレルギー（小麦粉運動アレルギー）で原因が特定できるまで何度も気を失って倒れ、ひどい時は電車の中や駅のホームで倒れてメガネを壊し、顔から血を流したりした。③さらには「心身症」で（いわゆる閉所恐怖症）と立て続けに病気になり、閉ざされた会議室での重要会議での恐怖や各駅停車と違いすぐに降りられない急行電車には乗れない、といった症状には本当に悩まされた。それくらい小市民的な善良で真面目人間だった（今でも）のかもしれない。とても50歳までは生きていけないだろうと自分でも思ったりした。その後、周囲の支えもあって、なんとかここまで来られた。運転免許を取得して以来無事故を続けてきたが、２０２４年に入ってすぐに、妻と壊れたテレビの買い替えの帰りに、なんと少し近道をしようとふとしたはずみで「進入禁止」のバス・タクシーのロータリーに入り込み、待ち構えていたパトカーに、呼び止められた。45年間続けた無事故無違反歴に終止符を打った。７千円の過料の違反切符を切られ、合わせて「臨時認知症検査」を受けさせられる屈辱を味わってしまった。自主返納も近いのかと、がっかりした日々を過ごした。そして、あの体調不良の頃を思い出させるように、前立腺肥大に始まって、腎臓結石、膀胱癌の手術、脊柱管狭窄症からくる腰痛・股関節痛と立て続けに、病院通いと多くの薬のお世話になっている。「歳をとった」実感を否が応でも感じさせられている。

そんな時に、知人から『DIE WITH ZERO』という本を教えられた。この種の本にはこれまでも全く興味がなく、一度も買って読んだり、本屋のコーナーに近づくこともなかった。知人曰く、「この本はファイナンシャルプランニングの本ではないと考えます。それは誰もが自分の人生が何時終わるか知る術を持たないからです。では、この本はどんな本なのでしょう！　私は哲学書に近いと考えます。心構えを我々に説いているのです」と。この本の目次には、次の9項目が掲げられている。

1、「今しかできないこと」に投資する
2、一刻も早く経験に金を使う
3、ゼロで死ぬ
4、人生最後の日を意識する
5、子供には死ぬ「前」に与える
6、年齢にあわせて「金、健康、時間」を最適化する
7、やりたいことの「賞味期限」を意識する

8、45〜60歳に資産を取り崩し始める
9、大胆にリスクをとる

著者は最終的に、「Die with zero」つまり何も残さず死ね、と主張する。それが、人生を豊かにする究極の方法だと、というものである。印象的な言葉は、2項に関連して、「経験の配当」とか「思い出の配当」と呼ばれるもので、経験を作ることで、それを思い出し、老後にも楽しみを得られるという効果を重視している点である。さすが、ファイナンシャルプランナーの著者である。ライフプランをファイナンシャルプランと関係づけて、意味のある人生を送るようアドバイスするというものである。死ぬ時に使わない金を持っていても仕方がないでしょ、という考えがその基本にある。それを有効に使ってこそ人生が、豊かになる。そんな主張である。自分の使える金、自分に必要な金だけを残してあとは、子供たちに「生前贈与」したらいいのだ、それこそ意味があるともいう。これで、自分の人生を充実したものと感じるのであればそれもいいと思う。

1　関寛斎という人

私は、この本のさらに上をいくある人物のことを考えていた。この人物は、幕末から明治を生き抜いた稀代の理想家であり博愛的な医師・開拓農民の「関寛斎」その人である。彼はこう言う。「身体健康且つ僅少なる養老費の貯へあり。此れを保有して空しく楽隠居たる生活し、以て安逸を得て死を待つは、是れ人たるの本分たらざるを悟る事あり」と。なんという自分自身の追い込み方であろうか。そんな贅沢をするわけでもなくとも、それは「人の本分に戻る」ことだと断ずる。そして寛斎の耳には、恩人の濱口梧陵の「理想の為に尽して死に至るは男子たる本分」の声がひびいていた、と作家の城山三郎は言う（城山三郎『人生余熱あり』光文社）。濱口梧陵は、和歌山に生まれ千葉の銚子でも醤油製造を営んでいた開明的な商人で、寛斎を経済的にそして思想的な面でも支えた人である。この濱口は、あの和歌山の安政地震の時に「稲むらの火」で多くの住民の命を救ったあの伝説の人でもある。

この関寛斎の生涯は、極めて特異なものである。１８３０年（天保元年）上総国山辺郡中村（現在の東金市）に生まれた。母幸子《さちこ》は、寛斎が４歳の時死去した。これが彼の運命を大きく変えていく端緒となった。父吉井佐兵衛は、幸子の死後、後妻をもらい、そんなこともあって、寛斎は母方の祖父母に預けられ、さらに8歳の時、母幸子の姉年子《としこ》の嫁ぎ先の隣村の前之内の関素寿（俊輔）夫婦に引き取られる。俊輔は、農業のかたわらで開塾しており、寛斎はここで俊輔に学問修行を授けられ、その才能を認められて、子のいない俊輔・年子夫婦の養子となったのが14歳の時である。寛斎が学問習得のみならず、俊輔から「気概ある反骨的な精神」「日常生活の礼儀作法の厳しさ」を叩き込まれていることは、のちの寛斎の人柄を推し量る上で、途方もない影響を受けていることがわかる。生活基盤を農業に置き、そこにしっかり根ざした「知識人」として成長する。そして世の中に役立つ人間として自立していくために、百姓にはハードルの高い医者を目指し、18歳の時、佐倉藩の順天堂で蘭方医学の佐藤泰然の門下生となった。この頃の順天堂は、大坂の緒方洪庵の適塾と並ぶ「蘭方医学」の理論・実践の双璧であった。ここで寛斎は4年学び、泰然の助手にまでなり、前之内に戻り、暫定的に開院する。そしてその年に俊輔の姪の「あい」（寛斎の5歳下）と結婚する。その後も3年間順天堂に通って、「順天堂始まって以来の俊才」と言われるまでの、まさに一人前以上の医師として泰然のお墨付きをもらう。この間、長男生三《せいぞう》が生まれている。

順天堂での医学修行の終了（佐倉と前之内あわせて7年間）を機に、師佐藤泰然の命により、寛斎は順天堂がかつて医院を置いていた銚子に正式に医師として開業する。この銚子での開院が、寛斎にとって運命的なものとなる。銚子は漁港であると同時に、醤油製造の街である。和歌山からこの地で醤油醸造で大きな存在となっていたヤマサ醤油の濱口梧陵やヒゲタ醤油の田中玄蕃らとの交わり（泰然の交友を受け継ぎ）が生まれ、その後寛斎の才能を見込んだ濱口梧陵から、家族を含めた大きな経済的援助を受ける幸運に肖《あやか》ることになる。銚子での寛斎の活躍は、日常の医療活動のみならず、江戸でのコレラ蔓延が銚子でも広がるのを防止することにその手腕を発揮した。この濱口梧陵もまたとても開明的な人で、彼の強い勧めと経済支援もあって「長崎留学」が叶う（梧陵は寛斎に１００両を渡すが、寛斎は妻子の生活費にと50両しか持参せず）。長崎へは、その時まさに佐藤泰然の実子の松本良順が現地で名医ポンペの指導を受けており、今回順天堂の佐藤舜海もいくことが決まっていた。そこに梧陵が、（金は自分が都合するから）31歳になっていた寛斎に行けと勧めたのである。そこには、銚子に寛斎をよこした佐藤泰然の思いをも上回る濱口梧陵の強い意志と影響力が感じられるし、寛斎の将来性を見抜いていた梧陵の慧眼と言うべきであろうか。この長崎での様子は、司馬遼太郎が『胡蝶の夢』（新潮社版）で詳述している。同著は、松本良順や佐渡出身の語学の達人島倉伊之助（のちの司馬凌海）をメインにして、寛斎はやや脇役的に描かれてはいるが、留学時の雰囲気は司馬遼太郎の筆力で十分に伝わってくる。しかし、その長崎留学も、ポンペのオランダ帰国や佐藤舜海の佐倉に戻ることを契機に、生活に困窮していた寛斎（送り出した梧陵にとっても）も不本意ながら銚子に帰らざるを得ない状況になる。なぜならポンペの講義を伊之助が翻訳し、それを良順らが寛斎らに教える間接授業という、そんな留学事情だったからである。わずか1年余りの留学ということになる。それでも寛斎は、その講義をもとにノートを作り、日本の蘭方医学にとって重要な貢献をする。

再び銚子に戻った寛斎に、その年（1862年）の暮れにさらなる転機が訪れる。師佐藤泰然の弟子（四国徳島の阿波藩江戸詰の医師）から、徳島での国許医師の求めがあるので行かないか、と打診される。これまで支えてくれた梧陵の意向（蘭医のいない徳島よりは銚子に留まり順天堂の仲間と修行を継続する方がいいのではないか）に反していたり、高齢となった養父母のこともあったが、寛斎は徳島行きを決意する。権力に媚びることを忌み嫌った養父俊輔の教えは、寛斎自身の身にしみていたが、何よりもこれ以上梧陵の温情に縋り続けることを避けたい寛斎だったのであろう。佐倉藩とは比較にならない大藩の阿波藩のお抱えになった。俊輔は、寛斎の要請（徳島への同行・転居）を断り、自分の志が叶えられなかったらいつでも戻ってこい、とあの陶淵明の「帰去来」を言い含め、寛斎を送り出す。銚子開業から6年後（1863年）のことである。翌年妻子を伴い、以降40年近い徳島暮らしとなる。

徳島での寛斎の生活は、必ずしも順風というわけでもない。腕も確かな寛斎は藩主蜂《はち》須《す》賀《か》斉裕《なりひろ》には気に入られたが、漢方医の中にあって、周囲との人間関係にも苦しむ。斉裕が病で亡くなった（１８６８年）あとに寛斎は、官職を辞すべく願い出るが叶わず、明治維新の怒濤の中に投げ出される。新藩主が討幕軍として出兵したことで、寛斎も軍医として加わる。その時の功績が、西郷隆盛に高く評価され、奥州出兵での軍医の頭的な役割を担わされる。戊辰戦争終結とともに、徳島に戻った寛斎は、すでに出征前の寛斎ではなく、大きな功績を背負う存在となっていた。そのため徳島での医療環境改善の提案が、新藩主にも受け入れられ「徳島藩医学校」の設立へと進み、寛斎は附属病院の初代院長となる（明治２年、１８６９年―親孝行もできぬまま養父俊輔が死去したのは翌１８７０年である）。ここに寛斎は、徳島全域に影響を及ぼす存在へとなっていく。明治政府の廃藩置県を経て、急速に近代化の道を歩み始める中で、寛斎はその後官位に一時的に仕方なく就いたり、長崎時代の友の司馬凌海の誘いで山梨病院長などに就くが、すぐに徳島に戻り、人々に寄り添った博愛的な医療活動に専心し、絶大な信頼をうる存在になっていく。この頃、１８７２年に恩師佐藤泰然が亡くなり、１８８５年大恩人濱口梧陵がニューヨークで客死する。梧陵の死で、和歌山のヤマサ醤油の経営危機を見た寛斎は、その経営再建でも手腕を発揮し、見事に復活させる。寛斎は、相次いで３人の恩人を失った。ある意味において、寛斎が自由に翔ける、そんな時代になっていった。

そんなことを感じさせるのが、7男又一を札幌農学校に入学させ在学中に札幌近郊に農場を取得させたり、6男餘作（東京に進学するも肺病で戻りその後岡山医学校に進学）を分家して札幌に籍を移させたりと、その後の北海道移住の布石を着々と進めたことにみてとれる。同時に寛斎が、1890年頃（60歳頃）から、頑健な体力を活かして国内各地を訪れ、北海道開拓に向けた見聞を広める行動に果敢に取り組んでいる姿勢が窺える。40年近い徳島での医療活動の中で、終盤の10年は寛斎の関心事は、農業それも開拓というチャレンジングな方向へと急速に傾いていることがわかる。これについては、①蘭方に依拠した医療活動の限界―進歩的なドイツ医学を前にして―を感じ始めていた（自分のやや旧式の医学でも北海道でなら役に立てる）とか、②また子供達（長男生三、三男周助、六男餘作）が医者の道を選び、彼らに医業を託せる状況にあった、③近代農業に貢献した二宮尊徳の啓蒙思想に共鳴していた寛斎が、（餘作の勧めで）尊徳の孫の二宮尊親の経営する北海道豊頃町の農場見学をしたことも大きな刺激となっている。といった事情を考慮すべきだとの考えも研究者によって言われている。

そして、1902年寛斎73歳、妻あい68歳の時に、北海道（十勝の陸別町斗満）開拓事業に邁進すべく徳島を去る。いかに頑強な肉体を持ったとはいえ、これほどの決断を晩年でしようという意気込みに圧倒される。この時妻あいはすでに体調すぐれず斗満には入らず札幌に留まり、１９０４年札幌で死亡する（70歳）。賢妻あいの死去は、寛斎を悲しみの淵に追いやっただけではなく、関家の家族的な絆をも損なう大きな事件としてその後も尾を引く。それでも寛斎は、様々な困難に直面しながらもひたすら前進し、道内でも注目される存在となっていた。しかし、札幌農学校で大規模経営を前提とする近代農業を修めた七男又一が戦地から帰道して（１９０６年）、寛斎の博愛的な理想主義に基づく「農地開放して中規模自作農の推進」に真っ向から反対し、親子で対立することになる。寛斎としては、一番可愛がった又一の反対はこたえたに違いない。しかし、寛斎はこの頃、徳富蘆花などとの交際などもあって、同世代のロシアの作家トルストイの農本主義的博愛主義に共鳴したりで、自身の考えを変えることはなかった。結局こうした親子間の対立は解消されることなく、すでに又一に財産相続を済ませていた寛斎に対抗できるすべはなく、体力的な限界を感じながら、大正元年（１９１２年）服毒自殺を図り、82歳の生涯を自ら終える。

2　寛斎の転機の背景

これまでみてきたように、寛斎の人生では、何度か転機に遭遇するが、その都度寛斎はどういう理由で決断したのかをみていきたい。

(1) 銚子での開業

銚子での開業は、なぜそのまま前之内で養父母の俊輔夫婦の面倒を見ながら、続けなかったのか？　という疑問に答えを見つけなければならない。そもそも前之内では人口も少なく、折角の修行の成果も得られない、という側面は確かにあるが、色々な書物に書かれているように「前之内」では「仮開業」ということで、正式なつまり医学修行を終えての開業ではない。加えて、師弟関係の厳しかった当時では、師の意向は絶対である。佐藤泰然も銚子と順天堂の関係を考えて、寛斎にも悪くないとの判断で、銚子開業を「命じた」と考えられる。この事情については、養父俊輔もクレームのつけようもない。したがって、寛斎も養父に伺いを立てるようなことをしていない。当然のこととして受け入れたのであろう。

(2) 長崎留学について

これは、すでに書いたように、濱口梧陵の大きな決断で、銚子を一時空けてでも行かせたい、寛斎もいきたいと考えた結果であるが、ここでの注目は、梧陵と恩師佐藤泰然との関係である。確かに泰然は順天堂の勢力範囲内での寛斎の活動を期待してはいるものの、実子松本良順をすでに長崎に行かせており、藩命で弟子の佐藤舜海を行かせようとしている中で、俊秀の寛斎まで行かせることもできないが、かといって世話になっている梧陵の申し出を断ることもできない。まして梧陵が資金援助をして行かせるといっている以上、認めざるを得ない。泰然としては、銚子の長年の医師不在の穴埋めを寛斎によって果たしたばかりでまた空白が生じるのを甘受するしかなかった。しかしそれは、寛斎の才能を知悉している泰然にとっても悪いことではなかった。

高田郁の『あい―永遠に在り』では、梧陵の申し出(銚子のコレラ騒ぎでの寛斎の功績の御礼にと自分が面倒を見るので長崎行きを決断してとの)を「他人の懐をあてに、留学などできるわけがないではないか」と拒絶する寛斎を、長崎に行きたいとの夫の本心を知る妻あいが、なんとかしようと梧陵を訪ねる場面がある。梧陵から「(紀州の大地震の時に稲むらに火を放ち、皆を高台に逃した) 一事を以て偉人の如く持ち上げる人は多いが、私の中では、誇るべきことではない……それよりも私が誇らしく思うのは、……二度と同じ思いを郷里の人々にさせたくない。その一心で、およそ4年をかけて頑強な堤を築いたことなのです」「あいさん、おなたの夫、関寛斎は、この国の医療の堤になる人」だから長崎に行かせたい、との言葉を聞いたあいは、これを寛斎に話し必死に説得する。それに感じた寛斎が梧陵の申し出を受けに濱口邸を訪れる場面を高田郁は描いている。あいのことについて余り記録がないので、どこまでが事実かわからないが、なかなか感動的である。

(3) 徳島へ

この直接的動機は、佐藤泰然の弟子の須田泰嶺(阿波徳島藩の江戸詰医師)の国許での藩主の希望を受けての勧めであるが、これは佐藤泰然の勧めもあってのことだったが、パトロンの濱田梧陵がどう考えていたか。下総にとどめて順天堂と関わり合いながら地域医療に尽くしてほしいという希望を持っていたのか、はたまたもっと広い視野で励ます側に回ったのか。気骨ある養父俊輔は、藩医として権力者の意向に諾々と従うなどもってのほか、との明確な姿勢を持っていたし、寛斎とて養父と同じ考えを自身が持っていたことは確かである。そんな中で、①これ以上濱口梧陵の世話になるのは避けたい、②佐倉藩と違い大藩の阿波徳島藩で生活が安定して地域医療ができるならそれに捧げてみるのも悪くない、と考えたに相違ない。そんな恩人たちの思いを振り切った寛斎だが、梧陵からは「後で後悔するな」（思い切りやれとの激励と受け取るべきか）と諭され、俊輔からは、陶淵明の帰去来ならぬ「意に沿わないならいつでも戻ってこい」と言われる。こうした見方はこれまでも指摘されてきたが、私は、加えて、③寛斎自身は、これまでの束縛（精神的・経済的）から、解放されて、苦しくとも新天地を自分で開いていこう、と決意したのではないかと思える。それは、決して恩を仇で返すのではなく、報恩にして飛躍を自分なりに果たしたい気持ちと捉えるべきと思う。俊輔夫婦をなんとか徳島で楽に過ごさせようと口説くが、俊輔は最後まで頑なに応じなかった。精神的自由を得た寛斎が、理解ある藩主に仕え、保守的な風土や漢方医の難しい人間関係の中で、堂々たる仕事ぶりを見せる。

　高田郁は前掲書で、濱口梧陵があいに語る言葉をこう書いている。「私は関先生にこう話したのです」「人たる者の本分は、眼前にあらずして、永遠に在り、と」「関寛斎、という人物は、何時か必ず、彼なりの本分を全うし、永遠の中に生き続ける、と私は信じます」（それを聞いたあいは）「あいは両の掌で唇を覆った。そうせねば激しい嗚咽が漏れそうだった。関寛斎に寄せる梧陵の厚い信頼があいの胸を打ち、とめどなく涙を溢れさせる」として、梧陵の思いをポジティブに書いている。しかしひょっとすると、もう決断している寛斎の性格を考えて、梧陵がこうした言い方ではなむけの言葉で送り出そうとしたのかもしれず、私にはどちらにも取れる。

（4）明治政府の官職を拒絶

維新戦争での活躍を西郷隆盛らに認められ、徳島藩内での位置関係にも変化がみられた中で、官職への誘いが度重なったが、いずれにも応じず、徳島での博愛的な民間医療に専心する。これこそが、養父俊輔から受け継いだ「反骨精神」「博愛的理想主義」を発揮した場面だった（貧しきものからは治療費を取らなかったと言われる）。それはつまるところ、生涯百姓農民の目線で、自分の身の置き所を変えなかった、そんな寛斎の性格を如実に物語っている。そうした徳島の医療活動でも多くの人々から愛され（門前列をなす）、にもかかわらず蓄財もかなりの額に上っていたと推測されている。40年近くの長きに亘り、徳島地区の医療活動に捧げた寛斎はそれだけでも顕彰に値する。司馬遼太郎が、『街道をゆく』の阿波徳島編で、関寛斎のことがあまりに取り上げられていないことに呆れて、もう少し顕彰してもいいのでは、と書いたことで今日の顕彰碑が建てられた経緯がある、と言われている。徳富蘆花は著書『みみずのたはごと』（岩波文庫）の中で、寛斎の性格についてこう書いている。「持って生まれた骨が兎角邪魔をなして、上官と反りが合わず、官に頼って事を為すは駄目と身限りをつけて、阿波徳島に帰り、家禄を奉還して、開業医の生活を始めた」と。また蘆花が、湘南にいる父親に寛斎の噂をした時、父が少し考えて「待てよ、其は昔関寛斎と云った男じゃないかしらん。長崎で脚疾の治療をしてもらったことがある。中々きかぬ気の男で、松本良順など手古摺って居た、と云った」とある。傍目にもわかるくらいに、寛斎の気質が表れていたのであろう。

(5) 北海道開拓事業への転身

関寛斎は、養父関俊輔が農業の傍ら開塾していたことからも、生業の農業についても身近な愛情を持って生きてきた。それればかりではなく、農業こそ人々の生活の基盤だという強い信念のもとに関心を抱いてきた。彼が、医療に関わりながらも、先に述べた「人たるの本分」の後でこう続ける。「生産力の乏しきと国庫の空なるとは、世評の最も唱ふる処たり。依て我等夫婦は北海道に於ける最も僻遠なる未開地に向ふて我等の老躯と僅少なる養老費とを以て、我国の生産力を増加するの事に当らば、国恩の萬々分の一をも報じ、且つ亡父母の素願あるを貫き、霊位を慰することになろう」、と。（城山三郎　前掲書）この生き方が、人たるの本分であり、親の願いであり慰霊にもなるというのである。先述の医療への思いや子供たちの医療継承の他に、彼らしい生き様への想いが合わさって、北海道開拓へとまるで青年のような情熱で取り組むのである。そして、北海道での開拓を始めてから、思想的に関心を抱いた徳富蘆花との交友が始まりトルストイの思想的影響があったり、二宮尊親（二宮尊徳の孫）などと交わることで北海道での理想主義的農業を考える動機につながっている。その意味で寛斎は、斗満の地にある意味の「理想郷」を作り上げることに、残りの人生を賭けたのだと思う。徳富蘆花と寛斎は、思想的に近かったというだけでなく、性格的にも「ウマがあう」それを認め合い、話し合える存在だったように蘆花の文章から思える。ともに学識ある二人が40歳近く歳が離れていることで、蘆花が下手に出ていることも寛斎が気に入っていた理由かもしれない。寛斎が、何度か蘆花を訪れたが、その中には蘆花の父親にも会っているし、蘆花も後年北海道に寛斎を訪ねていき、大歓待を受けている。ついでながら、蘆花の文章は、美文調に走るわけでもなく、肩の力が抜けていてとても読みやすいものだ、と感心する。

(6) 息子との対立と自殺

徳富蘆花は、「翁（寛斎）が晩年の十字架は、家庭に於ける父子意見の衝突であった。父は二宮流に与えんと欲し、子は米国風に富まんことを欲した。其為関家の諍《あらそ》（ふりがなママ）いは、北海道中の評判となり、いろいろの風説をすら惹起した。翁は其為に心身の精力を消磨した。然し翁は自ら信ずること篤く、子を愛すること深く、神明に祈り、死を決して其子を度す可く努めた」（前掲書）と、いかにも蘆花らしく寛斎の心を察しながら感想を述べている。

しかし、千葉県東金市の「東金市デジタル歴史館」が出している郷土の偉人として取り上げている「関寛斎」のところでは、一貫して又一との牧場経営をめぐる争いや、財産相続をめぐる長男生三からの提訴など、血肉を分けた子供たちとの対立に原因があるとして「すべてに絶望した寛斎は、みずから死を選ぶほかに行く道はなくなってしまった」としている。そして、又一と札幌農学校で同級だった有島武郎が、「北海道狩太《かりぶと》の十万坪に及ぶ広大な農場を父武から譲られたが、父の死後、これを六十余人の小作人たちに無償で解放して、『共生農場』を建立した。その時、彼は『この土地を諸君の頭数に分割して、諸君の私有にするといふ意味ではないのです。諸君が合同してこの土地を共有するやうにお願ひするのです』と小作人たちに宣言している。……寛斎の死後10年目のことである。そして、有島の志向は寛斎のそれにかなり近い」「(寛斎はことを実現したのである。有島はトルストイのやろうとしてやれなかった理想家だったが)又一もまたある意味で理想家だった。彼は『富まん』とする理想家で、寛斎の失敗はその又一を愛したことにある」としている。

こうなると、司馬遼太郎がどう見ていたか、知りたくなるところであるが、『胡蝶の夢』では、「寛斎は4歳で生母に死別し、その生母を晩年になっても恋い、八十歳のときの日記にも、亡母への記憶を詠んだ歌二首が書き留められている。八十三のとき、亡母の忌日の二日前に『実母の忌日にて殊に偲ばるる。……更に決する処あり』という日記を残し、命日の日にみずから命を絶った。」と書いているのみで、自殺の直接的な理由についての言及はない。

息子又一との農業の進め方をめぐる対立が平行線を辿る中で、先述のように解決の出口もなく、農場経営している又一の意志に抗えないもどかしさを感じながら、もう自分は「やるべきことはやった」との充実感も覚えながらの服毒自殺であったと私は想像する。当時明治天皇の崩御や乃木将軍の殉死といった出来事が、寛斎の自殺を後押ししたのかはわからないが。気質的には、本物の武士よりも「武士道」を貫いた人でもあった。城山三郎は前掲書で、「自殺は、世間的にいえば人生の挫折ないし敗北である。寛斎は果たして敗れたのか。その動機はなんだったのか」として自殺の深層を探ろうとする。城山は、寛斎の晩年の句や辞世の句を見て、「J・S・ミルの最期の言葉ではないが、"My work is done"というものが、寛斎の自身の人生についての総括ではなかったか。そこから、辞世に似合わぬ爽やかなものが立ち上がってくる。」としている。

こうした捉え方の違いを「中をとって」「全てに当てはまるように」なんていうことは、意味がないかもしれないが、寛斎が絶望しながらも、そんなことは綺麗さっぱり忘れて、慕い続けてきた亡き母、理想を教えてくれた養父俊輔や慈愛にみちた濱口御陵のいるところへ、何よりも尽くしてくれた「あい」のもとに清々しく旅立った、ということができるような気がする。そう思いたいとの私の願望も入っている、と指摘されても仕方がないが。

「人生二毛作」という言葉が、流行った時代があった。しっくりこない仕事と毎日向き合い、職場での人間関係に苦しむ多くのサラリーマンにとって、そうしたストレスから逃れて、楽しみながら「自由に」生きることに憧れを抱き、それを実現できた人たちの経験談（ビジネスマン向けの週刊誌にも連載されていた）を読んで、できることなら自分もと思った。私もその一人だった。この場合の二毛作は、リタイア後に好きな趣味に生きることではない。現役時代に、生活を賭けて、別の職業（多くは農業・漁業、自由業など）に転職し、そこで我が意を得た生活を送ることである。リタイア後の趣味人として生きるのは、現役時代の頑張りへの「ご褒美」的なもので、二毛作ではない。関寛斎の場合は、老齢での医者から（極寒の地での）開拓者への転身だが、決して「ご褒美」などという生易しいものではない。転身できるだけの財力を蓄えていたとはいえ、生活・生命を賭けた「決意を感じさせる」転職と言える。その意味で、立派な見上げた「二毛作」である。この二毛作に、献身性が加わると、一毛作で一生涯を人々のために献身的に生きた人に劣らない輝きを放つ。転身して献身的な生涯を送った人は、初めの職業が何らかの形で、二度目の職業にプラス効果をもたらすこともまた経験的に言える。つまり、初めの職業でも、極めて真摯にどう生きるかを見つめ続けてきたことが土台になっているからである。寛斎は、反神に溢れていたが、土台のところで「済民」という共通項で、生産を貫いた人だった。

同時に私は、関寛斎のこと（医療から開拓事業へ）を考えるたびに、あのパキスタン・アフガニスタンで献身的な医療活動をし、さらに根本のところに目を向け、より多くの人々を救うために精力的に治水事業に尽力し、73歳でテロリストの銃弾に倒れた「中村哲さん」のことを思い出してしまう。とりわけ中村さんとは2つちがいとほぼ同世代で、こうした偉人の済民の思いを考えると、拱手傍観している自分も「何かせねば」という思いに駆られる。

三、未解決事件「下山事件」の一側面

1　下山事件の概要

　それにしてもあの本が出た時は本当にびっくりした。なにしろ、この事件関係の書物が出尽くした感があり、中には説得性に富むと思われるものもあるにはあるが、決定的な決め手となるものがなく、もうそれ以上に犯人やその背後に迫るものはない（少なくとも米国の公文書が公開されない限りは）、と考えられていたからだ。あの本とは、平成17年（２００５年）に出た柴田哲孝著『下山事件　最後の証言』（祥伝社）である。著者の祖父の妹（つまり大叔母）の一言「そういえば、おまえのおじいちゃん、下山事件に関係してたんだよ」を聞いて、真相を探ろうと親族や大物関係者への聞き取り証言をもとに、推理小説の主人公並みの迫力で追い求めていく著者（ジャーナリスト）の執念がこの本から読み取れる。それにしても、その迫真性に、私もある種の興奮を覚えながら、読み終えた記憶がある。柴田氏は、この証言をもとに、小説『下山事件　暗殺者たちの夏』（２０１５年　祥伝社）も書いた。そしてそれから10年が経過した。

「下山事件」とは、柴田哲孝氏の『下山事件　最後の証言』の冒頭に、その概要が記されている。

「戦後の動乱が明けやらぬ昭和24年（１９４９）７月５日。ＧＨＱ（連合国軍総司令部）占領下にあった日本で、一つの〝事件〟が起きた。その朝、通常通り大田区上池上の自邸を出た初代国鉄総裁下山定則は、なぜか丸の内の国鉄本庁へは向かわず大西政雄運転手に日本橋の三越本店に行くように命じた。その後、神田駅を回り、千代田銀行（三菱銀行）本店に立ち寄った後、再度三越本店へと向かう。そして午前９時37分頃、三越南口で車を降りて店内に入っていき、大西運転手を待たせたまま消息を絶った。次に下山総裁が〝発見〟されたのは翌７月６日未明。場所は足立区五反野、国鉄常磐線の北千住駅と綾瀬駅の中間地点だった。午前０時24分に北千住駅を発車した最終下り電車の運転士が、東武線が交差するガード下の線路上に人間の死体らしき肉塊が散乱しているのを目撃。後にこれが、同日に失踪した下山総裁の礫死体であることが確認された。いわゆる『下山事件』である。」

この柴田氏の著書を読む前に、私が読んでいた「下山事件」関係の本と言えば、松本清張の『日本の黒い霧』（文藝春秋　昭和37年─１９６２年　新訂第一刷）に収められた「下山国鉄総裁謀殺論」であったり、これに６テーマを加えて合計12テーマについて取り上げた『日本の黒い霧（全）』（文藝春秋　１９７３年）であるが、このう

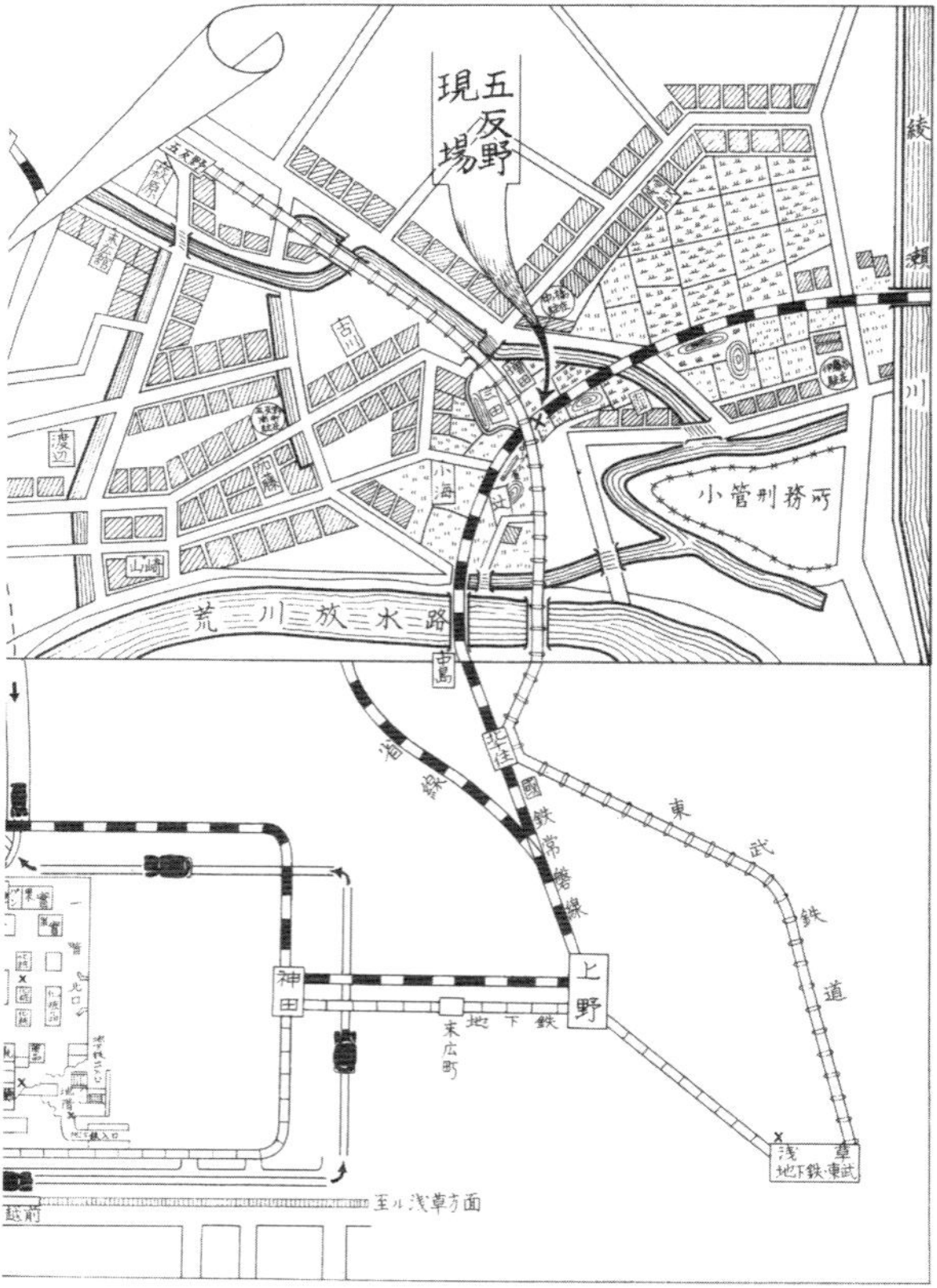

下山総裁現場地図縮図　　　出典：『資料　下山事件』（みすず書房）

ちさらに4テーマについて清張が補筆した「付論」部分が掲載されており、その中で「幻の『諜報機関』をさぐる」と題して下山事件について書いている。その後、松本清張も参加して刊行された『資料・下山事件』（下山事件研究会編　みすず書房）や大岡昇平『常識的文学論』（講談社）の中の「松本清張批判」、井上靖『黯《くら》い潮』、佐藤一『松本清張の陰謀』（草思社）、などもその延長線上で読んだりしていた。

もともと私は推理小説が好きで、松本清張などを読み漁っていたが、この事件は、「戦後日本史上最大のミステリー」として、今日まで未解決事件として特別なものだった。この下山事件（昭和24年―1949年―7月5日朝）が起きた昭和20年代前半は、占領軍の支配下にあって、戦後の復興を目指した政治・経済・社会の混乱期でもあり、また急激な労働運動の高まりなどを通じて、どのような国の形にしていくのかが問われた時代である。

この下山事件の発生の前後には、

昭和21（1946）年6月日本国憲法が10月貴族院・衆議院修正可決、枢密院（明治憲法下における天皇の最高諮問機関）で可決、11月公布。

昭和22（1947）年2・1ゼネスト（政権打倒と社会主義政権樹立が目的）がマッカーサーの指令で中止。

昭和23（1948）年1月の「帝銀事件」があった。

また下山事件の後では、鉄道車両がらみでは、昭和24（1949）年7月の「下山事件」に続き、「三鷹事件」、「松川事件」など、世情は騒然としていた。

昭和25（1950）年5月　朝鮮戦争勃発（～1953年7月）

昭和26（1951）年9月サンフランシスコ講和条約・日米安全保障条約締結、国会承認を経て1952年発効。

と5～6年の間に重大な出来事・事件があり、戦後の日本社会が大きく形作られていった時代でもあった。

2　松本清張の下山事件へのアプローチ

ここで、松本清張の事実解明と推理的結論に至った思考過程を辿ってみたいと思う。

松本清張は『日本の黒い霧（全）』で書いた「下山国鉄総裁謀殺論」（以下単に「謀殺論」）の後で出てきた資料などで、末尾に「幻の『謀略機関』をさぐる―一つの推理的結論」（以下単に「推理的結論」）と題して新たに章を起こして、自らの推論の修正も含めまとめている。しかし、「他殺説」はいささかも揺らいでいない。何をもって彼は「他殺説」としたのか、彼の思考回路を辿りながら見ていこうと思う（この「推理的結論」は昭和44―1969―年9月19日　週刊朝日とある）。

(1) なぜ「他殺」と見たのか？

①東大法医学教室古畑主任教授の事件直後の鑑定に基づく衆議院法務委員会での証言「死体に生活反応が見られない。死後轢断である。但し、睾丸、局所、手にごくわずかな生前の出血を見る。」（同教室桑島講師の所見・鑑定書「死後轢断」も同じ）

②京大薬学科秋谷教授鑑定「（下山氏の靴・着衣・右腕に付着する物質及びその状況の鑑定から）下山氏は当日朝からレキ断現場までの間に―（ⅰ）」アスファルト様物質のあった場所、（ⅱ）緑色の色素のあった場所、（ⅲ）米ヌカ油と鉄の破片又は粉末のあった場所、（ⅳ）建築材料の如き塗料のあった場所、（ⅴ）石炭（常時国鉄等に優先配給されていた高カロリー）のあった場所を経たと考えられる」「このアスファルト様物質を踏みつけた時刻以後は、この靴を誰もはいて歩かなかった。下

山氏の靴裏には、線路上にある物質は付着していない」との鑑定を重視している。一方、「自殺説」の根拠が慶應大学中館教授意見「宰丸と局所の出血は生前でなくとも飛び込み轢断の死体には多く見かける」を採用して、東大教授の鑑定は無視し、目撃者証言のみを根拠にしている、として松本清張はその非科学性を批判している。

③「自殺説」の不合理な点を例示している（ⅰ）下山氏が普段身につけているもの（ライター・眼鏡・シャープペンシル・煙草パイプとケース・ネクタイ・ナイフ）が見つからない、（ⅱ）解剖結果、胃の中が空っぽ（氏は胃酸過多で空腹時はいつも何か食べていた）、（ⅲ）両手首に生前についた鬱血の跡がある。（ⅱ）（ⅲ）を合理的に解釈するなら、氏は何かに縛り付けられ、食事を与えられない状態にあったと推測される。

清張は、科学的鑑定（とりわけ秋谷鑑定）を信用すれば、「下山氏は自分の靴をはいて轢断現場付近を歩いていない、加えて他の場所の土も付いていないのだから、下山氏がいたところは屋内のようなところしか考えられない」として「こうなると午後6時ごろから11時半ごろまで現場付近で下山氏を見たという14人の目撃者の証言はすべて虚妄か見誤りということになる」と、厳しく「自殺説」の不合理性を指摘する。

そして、「目撃証言の信憑性への疑問」として、「目撃証言には全く物的証拠になるものがない。警察が意図的に出したと思われる『白書』には、目撃者の証言は、7月9日から26日の間で、特に18・19日が多い。また初めの捜査二課の聞き取りでは『何も見ていない』としていた人が、前言を翻して目撃証言をしている人も2～3人いる」とのことを踏まえ、「私は以前から現場付近に現れた下山氏らしい人物は、ある工作による氏によく似た男による替玉ではないかと思っている」として、さらに推理を重ねる。

なお柴田哲孝氏は、目撃証言で自殺論の決定打とも言われた末広旅館の女将（長島フク）が柴田氏の祖父の関わっている亜細亜産業と関わっていたことや、夫（長島勝三郎）が捜査一課の刑事と同僚で元特高だったことなども、自殺説の信憑性に疑問を持たざるを得ない要因として挙げている。加えて、捜査一課が意図的にリークしたと思われるいわゆる「下山白書」には、捜査当局の捏造が、その後の証言者からの聞き取りでも、数多く見られるとしている。

（2）監禁場所と死体運搬は？

「当時赤羽にあった占領軍の兵器補給廠（旧造兵廠）ではなかったかと想像する。占領軍施設内だと日本の警察権は一切及ばず、一般日本人の眼も届かない。断っておくが、これは直ちに米軍兵士が犯行にタッチしたことを意味せずそれに何らかの関係を持つものが場所を利用したと考えるのである。これがだいたい10時半から11時ごろとみよう。それから午後7時から11時半ごろ（秋谷鑑定による死亡推定時刻）までの約12時間、下山氏は拘禁されたままの飢餓状態がはじまった。その拘禁状態は両手を縛られているような状態で、……また睾丸、局所の出血は、このときに暴力を受けたためであろう。桑島氏の鑑定では死因が『ショック死』となっているが、このすごい暴力による傷害致死を意味する」「監禁場所がそうだとすれば、秋谷鑑定の付着物質のあるような場所は、ふしぎと占領軍兵器補給廠と合致する」とその推理に自信を仄めかしている。

「もし、この補給廠から五反野付近の轢断現場に死体を運ぶとすれば、自動車……では困難だというから、補給廠の引込線から出る貨車に死体を積み、田端駅で轢断列車の前を走った占領軍専用列車１２０１列車に占領軍命令で連結させ、これが現場付近を11時18分ごろ通過するときに死体を投げおろしたとする。現場付近には前から待機していた工作班がいて、死体を近くの無人のロープ小屋（現在はない）に引入れ、約1時間後に８６９号水戸行き貨物列車（現場通過6日零時19分ごろ）が来るまで隠し、おそらくシャツとフンドシとズボンだけであったと思われる下山氏の死体に、ワイシャツ・上衣・靴下・靴をはかせようとしたときに時間が迫り、ともかく死体を線路上にうつ伏せに横たえ、シャツも上衣も上からかけた状態にして逃げ、右の貨車に轢かせたのであろう」と、さすがの推理小説家ぶりを発揮する。（筆者注：ロープ小屋に続く血痕や小屋入り口の取手についた血などや、靴下を片方しかはいていないこと

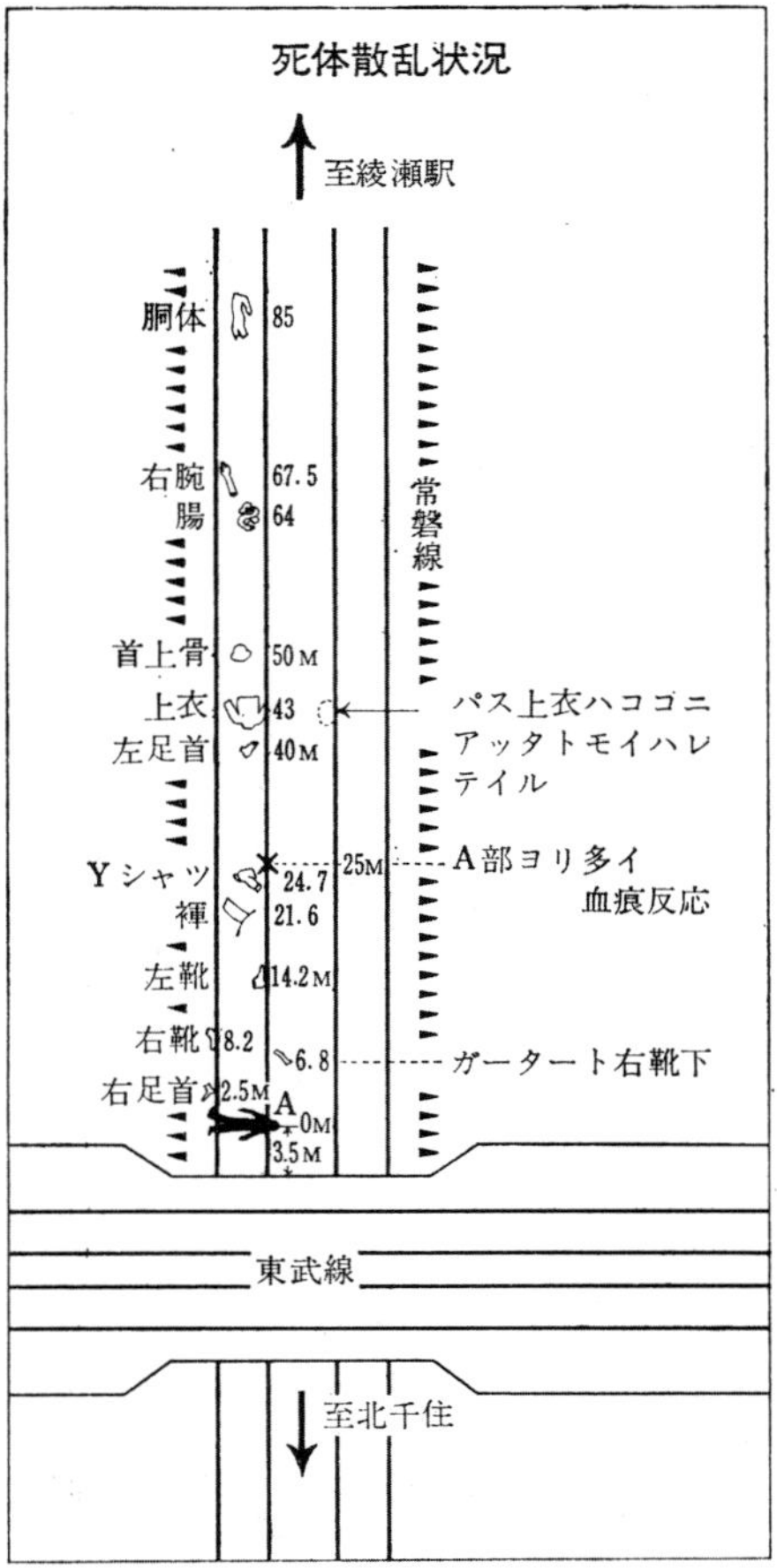

死体散乱状況　　出典：『資料　下山事件』（みすず書房）

などを　清張はこの推理に生かしている）

柴田哲孝氏は、祖父の勤めていた亜細亜産業（矢板玄が社長）が、様々な事業をしており（ＧＨＱにも納入）、人的にもＧＨＱや日本の大物政治家や右翼との繋がりがあったこと、さらに亜細亜産業が、事故現場に近い五反野に幾つかの工場を持っていたこと、国鉄取引に関連して鈴木金属や小松川製油などの会社と関係があったことなど、事件に関わりやすいポジションにあったことを書いている。亜細亜産業と下山事件・ＧＨＱとの関係を臭わせつつ、清張の主張する監禁場所や殺害場所を「占領軍兵器補給廠」と特定はできないのではないか、しかし清張の推理は「当たらずといえども遠からず」と語っているように見える。

（3）なぜある謀略機関は下山氏を殺さなければならなかったか？

清張は「このへんの推測となると多分に想像となるが、米占領軍の中で日本の占領政策の転換を望むものがあった。」としながら「それには衝撃的な事件を起こす必要があった。すなわち国鉄総裁が殺害されたことによって、国鉄関係の極左尖鋭分子の反抗と思わせ、当時伸びてきた共産党その他の民主勢力を『赤色暴力』の集団という恐怖心に変え、次の年の朝鮮戦争の可能性に備えたのではあるまいか。戦争がはじまれば鉄道輸送は軍事作戦であるから、国鉄従業員の中に『赤』い分子がいては作戦に支障をきたすのである。事実、下山氏の怪死によって、大量首切りはスムーズに行なわれ、随伴闘争の東芝首切り争議も円滑に行われて『下山さんの死は無駄でなかった』（石坂泰三東芝社長の言葉）のである。次に起る松川事件とともに下山事件はまことに効果的だった。」「下山事件に絞れば、G2と対立するGSが、G2の線のこの謀略を探りはじめたので、G2はあわてはじめ、折から自殺説の警視庁捜査一課の方針を支持したと思われる。」「一方、政府はGHQの意向にも影響されたが、事件について下山氏が自殺となると民主勢力を削ぐどころか、総裁が自殺するくらい首切りはひどいものだと宣伝されて逆効果になるので、いつまでも他殺説を残しておいたほうが良かったのかもしれない。これは真実の追及というよりも政治的配慮から出ている。だから捜査一課の自殺説には、増田官房長官も苦りきっていたのであろう。他殺説で一種の社会不安を残し、民主勢力の弱体化をはかることは、奇妙にも逆にG2の狙いに接近していたのである。」

—このG2・GS対立説については、柴田哲孝氏は前掲書で「（松本清張は）このGSとG2の抗争を下山事件の要因のひとつに挙げている。だが、事件当時はすでに両者の抗争の決着はついていた。GSの実質的な支配者であるケージスはすでに日本にはいなかったのだ。」と反論している。清張の『謀殺論』での記述は、「GHQの中にあるG2とGSの主導権をめぐる激しい闘いが、下山事件の或る背景になっていると云いたい」と表現している。少なくとも「要因」と「背景」では全く意味が違うが、両者の抗争が自殺・他殺の両説に影響したのかは、筆者にはわからない。そして、柴田氏の著書の解説をしているジャーナリストの櫻井よしこ氏は、「(柴田氏は)下山事件の真相解明には、日本を丸々、呑み込んでしまいそうな米国政府の経済政策の狙いこそ喝破しなければならないと指摘する。」と柴田氏の「矢板玄の言葉」から示唆を受けて述べた事件の真相に目を向けるべきとの考えに共鳴している。

柴田哲孝氏の松本清張の推論に対する書き振りは、(櫻井よしこ氏とはやや温度差があって)その論理的アプローチの的確さに敬意を表しながら、細部において自らが証言を得て推論した部分との相違点について、極めて冷静な表現で反論を試みていることに注目したい(これは次に書いている平野謙や大岡昇平ら文学者たちの感情まじりの意見との大きな相違である。実際に起きた事件を扱うノンフィクションなら、小説家を離れて実証的なアプローチで臨むべきとの基本姿勢を維持している)。

〈平野謙・大岡昇平の松本清張批判〉

少し脇道に逸れるが、やはり松本清張批判を繰り広げた大岡昇平は『常識的文学論』の中で、平野謙が下山事件について松本の『日本の黒い霧』と井上靖の『黯い潮』を比較しながら、松本の推理に疑問を呈している、として次の平野の論を紹介している。「(松本清張が)ＧＨＱ・ＣＩＣ・Ｇ2などの機構、政策なども正面から取り上げて、占領軍の謀略という結論をはっきり打ち出しているのである。(略)この作者独特の推理力につよく支えられたものだが(略)ただ私の印象として、少し話がうまく出来すぎているような気がした。無論辻褄があいすぎているということは、それだけ豊富なデータが周到に検討しつくされたということであって、出来すぎているなどという読後感は、批評家好みのないものねだりの一種かもしれない。しかしあの作品の最大の弱点は、下山総裁のカエ玉をつかったという件りである。」この平野の言を受けて大岡は、「周知のように、下山事件は自殺他殺をめぐって警視庁内部に対立があり、死後轢断か否かについて法医学者の意見も対立した。死体は寸断されているが、ワイシャツも上着もそっくりそのまま線路わきにあった。その多くの他殺を暗示する情況はある。しかしそれを他殺と断定するためには、平野の指摘するように、当日現場付近を徘徊していた下山氏とよく似た人物は、謀略団の派遣した替玉だという推理小説を事実と仮定しなければならないのである。平野のように、下山氏が特異な容貌の持主だから、見誤られるはずはないと言うのは危険だが、替玉本人が見つかるまで断定してはならないという判断は正しい。犯罪者はなるべく簡単な手段を取るもので、謀略団として、見破られるという第一級の危険を冒して、下山氏の替玉を現地に派遣する必要があったかどうかという点で、松本の推理は小説的なのである。この点自殺説をとった穏健平凡な井上靖に、軍配を上げたいような気がする。松本にこのようなロマンチックな推理をさせたものは、米国の謀略団の存在に対する信仰である。つまり彼の推理はデータに基いて妥当な判断を下すというよりは、予め日本の黒い霧について意見があり、それに基いて事実を組み合わせるという風に働いている。」と大々的な批判を展開している。

彼らのやや子供の喧嘩じみた感情的なやりとりは、面白おかしくも見える。今必要なのは、「事実が何か」ということである。「多くの他殺を暗示する情況」では、他殺断定が本当に困難なのかである。替玉の完全解明がなければ本当にダメなのかである。松本清張は、物的証拠を以て他殺以外にないと考えた。それは、仮に替玉の解明が進んだにせよ、他殺説を覆すだけの証拠はないと確信したからに他ならない。先のＮＨＫのドキュメンタリーでも、生体反応の結果「死後轢断」と「轢断地点の手前に点在する血痕（特異な血液型の下山に合致）」の二点で、他殺説は十分自明のことだと考えての展開である。因みに井上靖は自殺論かというと必ずしもそうとは言えない。確かに井上は、『黯い潮』で自殺説ではないかと真相を探ろうとする事件記者の心の中を描いている。だからと言って井上自身が自殺説だとは言い切れない。この作品で言

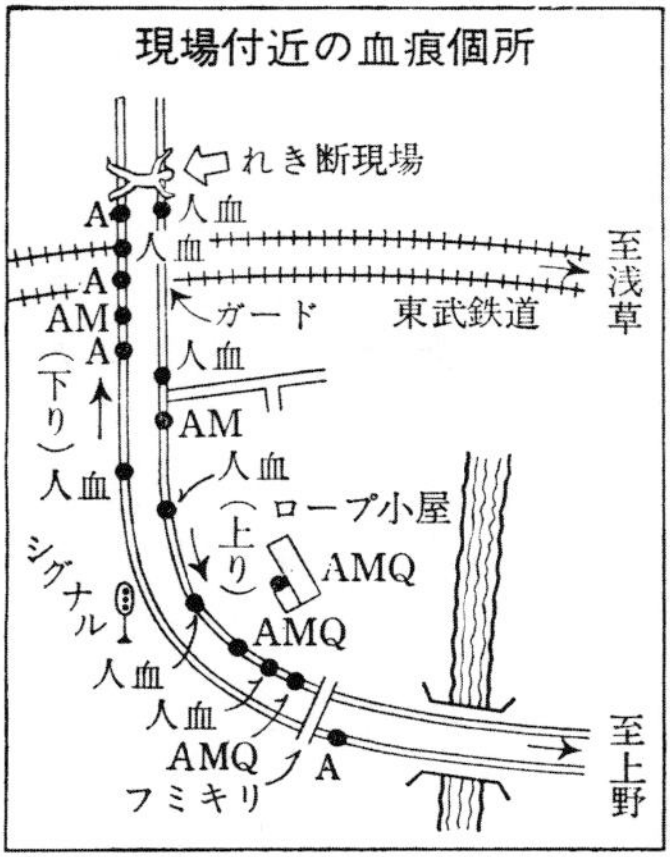

現場付近の血痕個所
出典：『資料　下山事件』（みすず書房）

いたかったのは、自殺他殺のどちらでもいいのかもしれず、むしろ井上が書きたいのは、得意とする人間の心理状態なのであろう。また松本は、当然の反論として、事実を実証的に検証していった結果が、米国の謀略に行き着いたのだと反論している。

3　ＮＨＫテレビ・ドキュメンタリー「未解決事件」

２０２４年３月30日に、ＮＨＫのドキュメンタリー番組「未解決事件」であの『下山事件』について、新資料を交えて放送された。番組は二部構成で、第一部は、担当した東京地検の布施検事を中心にした「ドラマ」仕立てで、事件発生から捜査の強制打ち切り、さらにその後も続けられた捜査の模様や検事・警察関係者の苦悩を描いていた。第二部の「ドキュメンタリー」では、事件の謎に新資料や新たに得られた証言などをもとにより真相に迫ろうとするものであった。新資料ないし新事実とはいえ、ある程度わかっていたり、予想されていたものではあったが、やはり事実として突きつけられると、その意味の大きさに改めて気が付く。私は、この番組の第二部「ドキュメンタリー」部分に特に注目して食い入るように見ていた。

第二部「ドキュメンタリー」の主要点は以下の通りである。

（ⅰ）下山事件は、ほぼ他殺説である。その根拠は、①死後轢断の判定（轢断による傷跡の分析で、通常できるとされる皮下出血がないこと─東大法医学の古畑鑑定で死後轢断すなわち他殺と断定）と②轢断場所より進行方向と反対側に下山総裁の血痕が散在（朝日新聞矢田記者及び東大法医学、検察庁、警察庁などのチームの証言）の2点に集約。一方で、自殺説については、下山総裁が事件当日に休憩したと言われる末広旅館の女将や下山氏の徘徊の目撃者10人の詳細な情報が、いずれも下山氏の当日の服装を克明かつ正確に語っていることを紹介している。

昭和24（1949）年12月、自殺・他殺を特定しないまま特別捜査本部を解散し、捜査を強制終了。

(ii) 吉田首相が、１９５１年４月に講和条約の交渉で訪日したダレス特使（国務長官）に「１９４９年夏におきた国鉄総裁の暗殺事件は『韓国人』によるものだと政府は断定したが、韓国へ逃亡したと思われる犯人を捕まえることはできなかった」旨、冒頭で発言したことが、米国公文書図書館の資料で確認された。吉田首相は、マッカーサー始めＧＨＱ幹部などと密接に接触していた。当時日本政府は、さまざまな情報から、米国が何を考え何を欲しているかを考え行動していた（キャノン機関のビクター・松井発言）。

(iii) 下山国鉄総裁の　国鉄の人員合理化計画について「自分が責任を持ってやるので任せてほしい」との発言（加賀山国鉄副総裁、佐藤栄作運輸次官らの発言）があり、米国側は、下山氏が共産主義者に加担していないか懸念（元キャノン機関でキャノンの側近アーサー・フジナミ）。

(iv) ＧＨＱ傘下の諜報機関（横浜のＣＩＣ）は李中煥ら多くの「二重スパイ：ダブルエージェント（米ソ）」を活用していて、キャノン機関にも報告している（但し、キャノン少佐は李のことは知らないと～しかしキャノン自身が松井とともに本国に李と面会したことをキャノン機関の上部組織Ｇ２（ＧＨＱ参謀第二部）に報告をしている―米国公文書。収監されていた李中煥を韓国に逃がしたのは、米国が主導的に行ったことが明らかであったが、米国公文書では事件の犯人特定まではしていない。

（v）読売新聞記者の鑓水徹《やりみずてつ》氏の息子洋氏の証言で、生前鑓水徹氏が、下山事件にも関わっていたとされる児玉誉士夫との面談で、児玉が「米側が下山を殺したのは、想定されていた朝鮮戦争勃発時に、日本が大変重要になる。兵員や兵器の鉄道輸送を自由にする必要がある。このことに下山は消極的だったことが一番大きい理由である」と話していたと。有事の日本の重要性については、公文書でも記載されているが、国鉄輸送とまで特定して言及はしていない。

（vi）NHKナレーション「下山事件の後、国鉄の合理化計画（人員整理）は、円滑に遂行された、しかし事件の真相は未だ闇の中」、とのフィナーレ。

この番組では、当然かもしれないが、柴田哲孝氏が『下山事件　最後の証言』で書いている近親者や矢板玄など重要人物へのインタビューなどで得られた情報～他殺説に、亜細亜産業の実行犯的関与の示唆、その背後にあるGHQや日本政府関係者が関与の見方～については、一切採用していない。すなわち実行犯的役割を柴田氏の親族が担ったのではないかとの推測には踏み込んでいない。加えて、柴田氏は、矢板玄の「鑓水徹氏は、『児玉機関』の協力者」との発言に沿って重要視していないが、NHK

では、敢えて「児玉誉士夫↓鐀水徹↓息子の鐀水洋」という間接的ながら重要な発言として採用している。つまりＮＨＫは米国黒幕説を支持しつつ、その背景を一番信憑性のある理由として「児玉発言」を採用したようにも受け取れる。また番組は、実証的に事件の真相に迫ろうとした松本清張については、その取り組みについてもかなり好意的に扱っている点も注目される。

先述の『資料・下山事件』を著した〈下山事件研究会〉のメンバーは、海野晋吉（社会派・人権派弁護士）、木下順二（評論家・劇作家）、佐伯千仭（刑法学者・弁護士）、団藤重光（刑法学者、のち裁判官）、沼田稲次郎（労働法学者）、松本清張（作家）、開高健（作家）、桑原武夫（仏文学者）、塩田庄兵衛（マルクス主義経済学者）、南原繁（政治学者）、広津和郎（作家・文芸評論家）といった幅広い分野での錚々たる第一人者ばかりであり、当初メンバーだった佐藤一（松川事件被告：無罪、下山事件研究家）は、自身の信じる自殺説が取り上げられないことに憤り、メンバーから外れて以降、私怨ともいえる松本清張への徹底した批判を展開した。この研究会による資料は、事件をトータル的に考える時に大きな参考書類となっている。

4　今回番組を見た「私の関心事」

今回のＮＨＫのドキュメンタリーを見て私が興味を抱いた点について、考えてみたい。

まず第一が、

吉田総理が、サンフランシスコ講和条約のダレス国務長官との事前交渉の冒頭で、「政府は国鉄総裁の列車轢死事件が他殺であり、犯人は『韓国人』と断定し、犯人は韓国へ逃亡して捕まえられなかった」となぜ発言したのか？　という不思議な話である。以下は、私の想像である。

日本国憲法が公布されてはいたが、占領下にあり、まともな三権分立ではなかった。そうした中での吉田発言である。事実として、自殺・他殺説いずれをも特定せずに、捜査終結を強行したのは、米国の圧力があったものの政府そのものである。その政府が、上記のような事実認識であったことは、優れて政治的発言と言える。だからこそ米国の公文書にも記録されることになった。吉田総理は、およそ2年前に起きた事件への言及で、本当は何を言いたかったのであろうか。「あの事件を日本政府は、このように認識し、処理しましたよ」ということをわざわざ講和条約の事前交渉の前に言うというのは、交渉を何がしか有利に運ぼうとの意図がなければ、持ち出さないであろう。

そこには、①あの事件が、いかに米国にとって重要だったかを物語っている②日本政府が、米国から何かを条約交渉時に得ようとしていると考えるしかない。すなわち、この事件に、米国の関与が間接的に窺える証左とも言える。仮に、米国が下山暗殺を望んでいた（日本側がそれを忖度して実行したか、或いは米国の陰謀と知っているからこその吉田発言）としたら、辻褄があう。そういう日米のトップレベルの協調がなければ成り立たない。としたら、米国が下山総裁を排除してまで叶えたい望みとは何なのか？　下山総裁の主義主張が大きく絡んでくることは疑いない。

①**「あの事件が、いかに米国にとって重要だったか」**について、考えられること

（A）直接的には、国鉄の合理化（人員整理）の円滑実施＝反対する共産主義勢力の排除

本件については、下山総裁は「自分に任せて欲しい」と政府関係者に伝え、そ

れを国鉄幹部にも話していた。

(B)来るべき朝鮮戦争で日本の鉄道網を米軍が自由自在に利用したいNHKは、これを米国が一番希求していたと思わせる番組編成をしている。米国は朝鮮戦争が間もなく起こる、または起こすといったニュアンスでの言い方であった。下山総裁は、この鉄道網の米軍による自由自在な利用の件には消極的だったと伝えられている。

これはNHKが、読売新聞の記者の鐵水徹氏による児玉誉士夫へのインタビューを、息子の鐵水洋氏が聞いていることを取り上げている。因みに柴田氏の前掲書では、既述のように、矢板玄は、児玉について(同業のためか)良い言い方はしていない。また鐵水についても「あいつは児玉機関だ」と言い捨てている。

(C)日本経済の米国支配を実行するための障害排除

名目的には「日本経済の自立・発展」だが、実質は米国の極東工場としての役割を日本に担わせるために、輸出中心の製造業を盛んにし、それに必要な物流の要の国鉄を存分に活用するというもの。

国有化したばかりの国鉄のトップである下山総裁は、生粋の技術畑でプライドを持っていたので、「恣意的とも取れる国鉄活用に」簡単には応じないであろ

う と見られていたのか。柴田哲孝氏の前掲書『下山事件　最後の証言』の中で、矢板玄が漏らした言葉（「ドッジ・ラインとは何だったのか。ハリー・カーンは何をやろうとしていたのか考えろ」）から、私が勝手に類推すると、こうした経済支配ということだろうか。

（D）国鉄の利権（それを政治家やGHQにキックバックする方式）に、潔癖な下山が不快感を持っていて、そうしたことをスムーズに運ぶためにも、下山が邪魔な存在だった

これは日本の政治家（その裏で暗躍する人々）やGHQにとってのカナヅルとして、重要な意味合いを持つ。この（D）も柴田氏が重ねて述べていることでもある。金に群がる人々の思惑が絡み合っている。

こう並べて比較すると、ついこの間TVで見たこともあって、当時の国際情勢から喫緊の課題に対応した（B）の説得力に傾く。しかしこれらについての米国公文書への記載は見つかっていない。推測するしかない。（C）では、いかに国鉄が当時の最大公企業であったにせよ、抹殺までして果たすべきことかは、のちの米国の政策から見てもやや説得力に欠ける。また（A）は、当時の情勢から、十分あり得る理由であり、事実下山総裁の死去によって、人員整理が円滑に進んだことからも、米国や日本

政府の思惑以上の効果があったことは否定できない。しかしこれでは、吉田総理が、わざわざ持ち出す理由にはならない。（B）で初めて、「あなたの希望する通りに有事の際に国鉄の輸送網を使えるようにしましたよ」の方が、恩着せがましくもあり、交渉テクニックとしては優れている。（B）がメインで（A）がサブの複合要因と見るべきか、もしくは（A）～（D）の複合要因と考えるべきか。いずれにせよ、GHQ・日本の大物政治家・右翼・左翼の利害が微妙に合致するところに下山殺害の動機が存在するという、不思議な状況にあったことは確かである。一番犯行が考えにくいのは、「左翼＝共産勢力」と思われる。なぜなら、他の3者と利害の根本のところで異なり、下山総裁の足取りから分かるように、単独ではなしえない組織的な犯罪行為と考えられるからである。逆に他の3者は、情報を共有しながら、思想的な共通基盤（反共）と利権・金権の面で、相互に牽制し合いながらも協力関係にあり、同じ蜜を吸い合う関係にあるからである。それらが、「下山強制排除」という計画の立案・実行を、互いに任務分担しながら果たしたと見るのが妥当なのではないか。

②「日本政府が、米国から何かを条約交渉時に得ようとしている」

では、吉田総理は、条約交渉で何を有利にしようとしたのであろうか？　このサンフランシスコ講和条約は、日米にとっては日米安全保障条約とセットになったもので、1951年初頭から、両国の間でその内容・文言をめぐって、厳しい交渉が行われ、9月に批准となったものである。米国は、当初から日本を独立国として認めるのなら、将来の再軍備は当然のこととして、その民主的運営によって、米国の東アジアの対共産勢力への抑止勢力として機能させ、また日米の集団安全保障政策に寄与させようとしていた。第二次世界大戦の終結後まもなく米ソの主導権争いが激化し、朝鮮半島情勢など急を告げていた中で、米国は、極東でのプライオリティの第一を日本の徹底した民主化から、「防共」へとすでに舵を切っていた。そんな中で、日本の共産化（内部からの）を防ぐと同時に、朝鮮戦争への日本の積極的な後方支援が求められていた。その1949年7月5日に下山事件が起き、そして、1950年6月朝鮮戦争が勃発（終結は1953年）したのだった。その朝鮮戦争の最中に、日米安全保障条約の交渉が、1951年初頭から行われていた。

吉田総理は、「目下の日本の状況から、憲法を改正して再軍備を図るのは、政権の命取りになるのでできない。しかし本格的な軍隊を持たない『独立した日本』を米国が日本に代わってどう防衛するのか、文言として集団的自衛（常識的には双務的な意味で）といった刺激的な言葉を避けながら、実利を挙げる方策を探る。これが実現できれば、経済を最優先にした、戦後日本の復興が可能になる」と考えていた。

そうした日米の思惑の中での交渉である。とりわけ、注目されたのは、「日本の独立」を犯しかねない「米国支配」を文言に織り込まない、そんな議論も当然あった。結論的に言えば、この時締結された日米安全保障条約は、①米軍が日本に常駐しながらも、米国による日本防衛が、公式的には盛り込まれなかった（つまり義務化されなかった）。②対外抑止とか防衛を日常的にマネージする組織が存在しない（「合同委員会」はやや事務的組織として位置付けられていた）。③こうした条約の（本質的な問題への）不備を補うべく、有事の際の日米協力（軍事作戦・軍事協力・指揮権移譲など）の根幹について取り決めた両政府の『密約』によって解決という方法が取られた。

つまりまともな条約文言の議論では、双方の国内事情などを勘案すると解決不可能と考えた両国政府の思惑が、このような形の選択に働いたと考えられる。しかしその条約の矛盾を隠し通すことができなくなり、60年の条約改定では、明確な形での取り決めを、国論を二分する形で、強硬に明文化する道を歩むことになった。

そんな経過を辿った条約交渉であったが、あの吉田の下山事件に関する米側への発言の頃（1951年5月）は、「憲法改正と再軍備」「集団的安全保障」「独立」といったキーワードを条約でどう扱うかの日米のタイムリミットが迫った「交渉」の真っ只中と言える。今日の憲法解釈と異なり、吉田総理自身も「憲法第9条」は、「戦争放棄・非武装」との見解で、多くの学者たちと同様の解釈だった。吉田総理が拘った「独立の確保」とは裏腹に、「米軍の日本への常駐」を幅広く認めたことで、日本へ攻撃することが米軍攻撃と同義になり、日本国土防衛が達せられ、米国の考えとも一致すると考えた「ある種の計算高さ」も感じられる。

いずれにせよ、少しでも日本側の要求に近づけるために、吉田総理はあの「下山事件」を利用したのではないか、と私は考えている。「ほら事実こんなに米国の極東軍事作戦に積極的に関与・協力しているではないか」との姿勢を見せようとした、吉田総理のパフォーマンスと言える。そうした親米的な吉田総理の「難しい国内事情を抱えながらも、米国の事情を理解して、なんとか交渉をまとめよう」との努力を米国側も理解し、日米両政府は「名を捨て実を獲る」そんな選択をして、講和条約・日米安保条約の新しい体制下で、国際・国内政治の舵取りをしていくことになる。その意味で、吉田総理のこの時の「下山事件」の利用は、一定の効果があったと見るべきかと思う。

１９８０年代になって、「Japan as number one」と日本が米国経済を脅かす存在になった途端に、米国内で日本の防衛面（あるいは70年代の為替面での円安優遇も加わって）での「free rider」との非難が起きて、この仕組みの矛盾に気がつき始めるのである。米国が唯一とも言える強い国であるうちはそれでもよかった。そのことが米国の力の衰えが見え隠れしている今日、米国財政の重しとなって、トランプ発言（「応分の負担をしない国は防衛協力しない」）にも繋がっていく。賛否があることを承知で言えば、今更ながら下山事件処理を利用して、米国との安全保障条約を少しでも日本の要求に近づけようとした吉田の外交の現場力には驚かされる。囲碁で「急場は大場」という格言がある。朝鮮戦争という急場を大場として利用し、『密約』までして国防の基本的枠組みという大場を凌ごうとした、そんな感じがする。ある意味、一国の真の独立を犠牲にして、国民生活向上を最優先させて、国力回復を図った、そんな端緒でもあり、大きな岐路でもあった。当然これには、真の独立を優先すべきとの左翼勢力を中心とした大きな反発が、政治・社会・労働運動として繰り広げられ、国論を二分する議論が、日米安保条約の更新時期に合わせて展開されたことは記憶に新しい。

もう一度戻って、**吉田総理が「『韓国人』の犯行による他殺事件と断定」**したことである。これは、自殺説の完全否定であると同時に、捜査当局が結論を出すのではなく「政府が対外的に事実認定」をしたのである。吉田の意識の中に、「自殺説では、必ず綻びが生じて、他殺とならざるを得ない」があって、同時に「私たちは、他殺であることを知っていますよ。それもあなた方が使っていた『韓国人』が絡んでいて、

（あなた方が韓国に逃がしたあの）李中煥を犯人としましたよ。これなら誰も矛盾など指摘できないでしょう」「私たちは大きなリスクを負って、あなた方の要望に応えましたよ」と暗に言ってみせたとしたら。李中煥が真犯人かどうかはわからない（たとえ偽装工作だとしても）が、こんな具体的な犯罪の顛末を日本側の最高責任者が、堂々と言ってのけたなら、米国側にとっては多少なりとも「借り」を作ったことになったのではないか。それが私の推測である。

ＮＨＫの前回放送から1ヶ月半後（２０２４年5月16日）に再びＮＨＫのドキュメンタリー「未解決事件―下山事件と占領期の闇」と題する番組が放映された。私は、3月30日放映の再放送と思い、ちょっと出だしが前のと異なっていたので、とりあえず録画した。あとで注意深く見ると、ほぼ前回のものを土台に、新たな情報を少しばかり付け加えていたことがわかった。その中で、あの１９５１年のダレスとの条約交渉の前に、吉田総理が、ＧＨＱのＧ２ウィロビー少将宛の手紙で「日本政府は下山事件の状況を憂慮している。米国が情報を持っていれば教えて欲しい」と米国側の意向を打診している。これに対し、Ｇ２のプリアム大佐が「個人的意見」と断りながら「米国は（下山事件は）他殺と見ている」と話し、これを聞いた増田官房長官は大いに喜び、増田が「吉田総理も喜ぶだろう」と述べたことが、米国の公文書に残されている、と番組で報じられた。これは、吉田の条約交渉での「下山事件の利用価値」のシナリオの有効性を示すものだし、吉田に何がしかの自信を与えたものと推定される。

こう考えると、第二の問題として、

捜査の強制中止の意味である。事件発生からわずか5ヶ月足らずで、自殺・他殺を特定せぬままに、捜査の強制終了となった。今回（2024年5月16日）のNHKの番組の放映では、捜査の強制終了が、GHQのCICの吉橋氏なる人物が、直接東京地検の布施検事にあって、「捜査を打ち切れ」「これ以上李中煥を追うのを止めろ」「李の（韓国への強制送還を）先延ばしは、日米両政府にとって困ったことになる」と直接圧力もしくは命令を下していたことが、布施文書から明らかになったとしている。私は、もう少し日本政府の主導権があると見ていたが、それは間違っていた。やはり、占領期の日米両政府の力関係は、そんなに甘くはなかった。そして、1949年12月30日に捜査本部の解散が、自殺・他殺を極めることなく発表された。この米国主導の、「捜査の強制終了」を吉田が、逆手をとって（そうせざるを得ない米国のいわば弱みを摑んで）条約交渉での少しでも有利な展開を考えたのではないか。その段階で吉田は、下山事件の「最大限の利用価値」を感じていたのであろう。それが、事件の計画段階からなのか、実行後なのかはわからないが、迫り来る朝鮮半島の緊張を前にした米国の事情を吉田は知悉していた証左でもある。他殺説を前提に考えると、捜査撹乱のための「自殺の偽装工作」も米国側の事件の複雑化要請に沿ったものかもしれないが、却って「他殺論」に決定打を与え、一気に事件の核心に迫るリスクも負いかねない。捜査の強制中止は、そんなリスクまで永遠に葬り去った。日本政府もリスクを負って、米国の懸念を払拭してみせた吉田の（ダレス大使への）発言は、大きな意味を持っていたことになる。

第三は、**ＮＨＫの今回番組で、新しい情報として、布施検事の捜査資料、幾つかの米国公文書、下山事件に関わったとされる諜報機関の人物またはその遺族などへのインタビューを多く取り上げている**点についてである。

前述の要約とダブる部分があるが、多少長くなってしまうが面白いので、ＮＨＫの番組の流れを追ってみよう。

（ⅰ）まず布施東京地裁検事が捜査本部解散後も事件の時効成立まで続けられた15年間７００ページに及ぶ捜査資料をＮＨＫが入手したとして、捜査の全容が初めて明らかになったとしている。この資料の分析の結果、吉田総理が明らかにした「韓国人」が「李中煥」という韓国人を日本の捜査当局が聴取している記録がある。ここでは、李が「ソ連のスパイ」として、国鉄の人員削減・合理化によって共産主義者を排除しようとする国鉄のトップの下山総裁を「ソ連の指令により殺害した」との動機や殺害の具体的な様子を詳細に述べている。これが新聞で報じられ、それを見た渡辺修二なる人物（日本秘密探偵社：李と一緒に仕事をした経験あり）が、「李は頭がいいが、嘘をつくのがうまい。騙されるな」との情報もたらされ、検察・警察は混乱。

（ii）そして、「米国の意向で捜査打ち切り」の後も、検察（布施）は「李と米国の繋がりについても捜査継続」している。李が米国に情報提供していたのが、GHQの参謀第二部（G2）の傘下にあった諜報機関（Z機関：通称キャノン機関）の「ビクター・松井」であったことを突き止めている。NHKの調査で、松井はすでに死亡していたが、米国の議会図書館のインタビューを見つけたとしてその一部を番組で出している。松井は、日本の占領期における諜報機関の活動を詳細に語る。「米ソの対立が熾烈になる中、国鉄のストや妨害活動の実態把握のために、24人の『二重スパイ』―ソ連からスパイ教育され帰還した者に狙いをつけて―を協力者として使い、日本を反共の砦にとの米国の思惑」を述べている。

(iii) NHKは、キャノン機関を率いた「ジャック・キャノン」本人についても、直接インタビュー(おそらく声からすると日高特派員か)している。キャノンは、下山事件について、「聞いたことがない。記憶にない」とし、松川事件・三鷹事件についても「NO」を繰り返し、関与を否定している。しかし、NHKは米国国立図書館の記録で、キャノン自身が、「キャノン・松井・李の接触」とそれによって「李は米国の意図を理解して、極めて信頼性が高い」と報告している(なぜか棒線で削除されてはいるが)。こうした事情から、キャノンに対するNHKインタビューで、彼が下山事件等は「知らない」というのは嘘であり、「李は二重スパイ」であることが明らか、としている。それをさらに裏付けるように、元キャノン機関に所属しキャノンの側近「アロンゾ・シャタック」(インタビュー時96歳、その5ヶ月後死去)とのインタビューを流した。そこで彼は、米国の反共工作の内幕を明かし、「二重スパイ」を日本の警察関係に潜り込ませていた、と。そして彼らを通じて「偽情報をソ連に送るなどしていた」。さらに「李が、情報機関である横浜のCICで働いていて、キャノンと行った時に見かけている」と明かしている。こうしたことから、布施検事の捜査内容は、米国側に筒抜けになっていて、公文書には「布施は李の供述内容（下山事件はソ連の犯行と供述）には意味のあることも含まれているので、それが嘘であることが明らかになるまで李のストーリーを追い続けるだろう」とも書かれている。李のその後について、ＮＨＫはナレーションで１９５０年4月13日米国は李を韓国釜山に「強制送還した」としている（これは李が収監されていた小倉刑務所は米国管轄）ことからと思われる（筆者）。その後日本の調査では、李の行方はわからずじまいだったと。

(iv) 次に、ＮＨＫは読売新聞記者の鑓水徹を取り上げる。鑓水は戦後最大のフィクサーと呼ばれあらゆる情報に通じていた児玉誉士夫から「外務省情報部の友人が、国鉄ストに関連して『下山が狙われている。必ずやられる』と語っていた」との言葉を紹介している。つまり下山事件発生以前に、日本政府部内で「下山殺害」の情報（ないし噂）があったということである。加賀山国鉄副総裁や佐藤栄作運輸次官からも、東京地検は事情聴取している。国鉄の人員整理に関係して、加賀山は「総裁は英語ができるので一人でＧＨＱに出向き、『ＧＨＱはよくやれといっていたが、総裁は自分がやるから任せてくれ』と言った」と、また佐藤栄作は「国鉄と政府はうまくいっていない。政府は『中央執行委員全員の首切りを希望』したが、下山は『自分に任せろ』と言っていた」

といずれもが、下山総裁自身が決定するとの発言を挙げている。こうしたことから、ＮＨＫは、「米国側が下山総裁をマークしていた」ことを窺わせるインタビューを報じている。キャノン機関同様にＧ２の諜報活動を担っていた「東京神奈川ＣＩＣ」の中心人物「アーサー・フジナミ」を探り当て、その遺族と面会している。アーサーの娘ナオミが、アーサーが日本で何をしていたのかを生前語ったことを詳細にメモしていた。ＣＩＣは、日本に共産主義が蔓延しないか懸念していて、「下山が共産主義者に加担しないか疑い」調査していた。また、「下山は暗殺された」とも語っていた（実行犯については書いていない）。

（ｖ）再び読売新聞の記者だった鐙水徹を登場させている。息子の洋氏へのインタビューである。「親父（徹）が児玉誉士夫から、（下山事件は）米軍の力による殺人と断定して、これが真相だと聞いたのは『ある有事、つまり朝鮮戦争が起きる、あるいは起こすのが前提で、米軍は準備していた。国鉄は国有になったばかりで、有事にはそれを自由に使う必要があると下山に圧力をかけていた。下山はこれに抵抗する姿勢であったためにやられた』ということだった」

ＮＨＫは、下山事件の３ヶ月前に作成された米国の公文書の中に「日本が戦略的に重要」との記述があるも、下山に圧力をかけたとの記述は見つかっていない、真相はわからないと。そして、鐙水洋氏は、米国黒幕説だった徹氏に対して、「得体の知れない圧力」があり、家に来て凶器を見せて脅したりして、結局父は家族を守るために記者を辞め、下山事件の核心については語らずに2017年93歳で死去した、と。

下山事件の後、国鉄の10万人の人員整理は大きな障害なく終了し、朝鮮戦争開始からのわずか2週間での米軍の国鉄利用は、客車7324両、貨車5208両と最大規模に達した、とナレーションしている。

（vi）そしてあのキャノン機関のビクター・松井の米国国立図書館インタビューを最後に持ってきている。「占領期に日本政府と米国が共産主義を排除することで共闘したことが今日の日本に繋がっている。吉田はマッカーサーやGHQ幹部と直接接触し、占領軍のあらゆるセクションから情報を得て、『何をなすべきか、何を避けるべきか』を判断していた。そして世界情勢を理解して、アメリカの提案を受け入れた。そうしないと日本は混乱しただろう」[*]

（*）筆者：朝鮮戦争の効果的な遂行のための国鉄活用とその障害排除―下山殺害・労働者の合理化―も含まれると考えるべきだろう。

締めくくりのナレーションで「占領期に起きた下山事件の背後で渦巻いていた謀略、一人の人間の死の真相は、日本の手綱を握ろうとする巨大な力の前に闇の中に消えていった。そして事件の後に敷かれたレールの先で、今の日本社会が形作られている」と結んでいる。

こうしたNHKの番組編成を通じてわかるのは、（ア）下山事件は、謀略の渦巻く中で殺された「他殺」であること、（イ）殺される理由が、国鉄ストだけではなく、当時の極東情勢（共産主義の浸透とその抑制、朝鮮戦争の勃発）も絡んでいること、（ウ）下山殺害に、「日米」が何らかの関係があることを匂わせていること～とりわけ二重スパイを活用した諜報活動、（エ）下山事件を当時の吉田総理が、講和条約・日米安全保障条約締結に最大限利用したこと、（オ）結局、事件は闇に消えるが、この事件後のレールに今の日本が形づくられていること…を直接・間接に、文書やインタビューを通して、できるだけ客観性を持たせながら視聴者に語りかけ、最終的な判断を視聴者に任せているのが、この番組の意図するところであろう。

特に興味を唆《そそ》るのは、米国の諜報活動について、それを指揮していたジャック・

キャノンだけが、事件への関与を否定（覚えてもいないと）したのに対し、キャノン機関にいたキャノンの側近「アロンゾ・シャタック」や同じキャノン機関にいた「ビクター・松井」そして米国諜報機関の東京神奈川ＣＩＣの中心人物「アーサー・フジナミ」らは、二重スパイを使った反共工作の詳細を語っている。それに関連してアーサー・フジナミは、「下山総裁は殺された」と明言している。そして、それらが吉田総理や政府内部、さらには日本のフィクサー児玉誉士夫らの認識と一致していることは、何が事実かを暗示し、日米の連携を物語っている。ここまでくると、下山総裁を殺害した実行犯が一体誰なのかを懸命に探そうとすることの意味が薄れて、むしろ黒幕として米日双方が、何を意図していたのかを探る方の重要性に気付かされる。その意味で、ＮＨＫが今回提供した番組編成の目的は、ほぼ達成されたと言ってもよい。最後のナレーションの2行に集約されている。私は、「日本の手綱を握ろうとする巨大な力」の中に、吉田総理を中心とする日本政府も単に米国の言いなりになったのではなく、もう一つの主役を演じたと見る考えに与したくなる。そんな姿を吉田に感じる。

「下山事件」発生から75年になろうとしている。もう一度「下山事件」の戦後日本での様々な影響を考え直しても良い時期なのかもしれない。

四、「里の秋」と「湖畔の宿」～舌鼓乱打の競演

1 牡丹鍋

たまたま二週間のうちに、二つのジビエの鍋を楽しむことができた。「牡丹鍋」と「鴨鍋」である。

「牡丹鍋」は「猪《シシ》鍋」であり、私は江戸時代に第五代将軍徳川綱吉によって出された「生類憐れみの令」で食べられなくなったのかと思っていたが、どうも違うようだ。肉食禁止令は、7世紀頃にはあったというし、仏教の影響もあって何度となく出されもしたが、どうも表向きのことのようである。作物を荒らす害獣は、捕らえられ食肉として食膳に上ることがあったが、法令に加えて殺生を忌み嫌う仏教の教えもあったのだろうか、大威張りで食べるのには躊躇するとの思いもあったようである。庶民のみならず将軍までもが、滋養強壮を目的として食するために敢えて「薬食い」とか「隠語」を付けて食べられたものと言われている。何よりも美味しかったからであろう。美味しいものが手に入るのだから、何とか食べたい、いくら権力者といえども自らの欲求を抑え、庶民のそれを禁じることは難しいのだとつくづく思う。当時「ももんじ屋」などの名前で、獣肉を出す店が現れているが、「ももんじ」とは、「百獣《ももじゅう》」

が鈍ったとも言われている。その隠語であるが、猪＝牡丹《ボタン》、鹿＝紅葉《モミジ》、鶏＝柏《カシワ》、馬＝桜《サクラ》、牛＝若《ワカ》などである。その隠語の謂れは、諸説あって定まらない。その中でこれしかないだろうと思われるのが、鹿＝紅葉《モミジ》の花札説と　牛＝若《ワカ》の牛若丸（単なる語順の借用）説であろう。但し、鹿＝紅葉の花札説には、異論がないわけではない。万葉集の有名な歌に、「奥山に紅葉踏みわけ鳴く鹿の声きく時ぞ秋は悲しき」からとられたとの説である。私は、むしろ花札の図柄こそこの和歌に依っていると考えており、関係がないわけではないが、江戸期の庶民が隠語を万葉集から考えるのには少し無理があり、むしろユーモアを込めて花札から思いついて広がったと見るのが、説得力がありそうである。猪鹿蝶の花札では、猪は萩の中に身をおいている（牡丹の図柄には「蝶」が舞う）が、なぜか猪＝萩とはならなかった。それ故か、「ハギ鍋」といえば、皮剝《カワハギ》の鍋で定着している。ビリビリと表面の厚皮を剝いで、肝を傷つけずに取り出し、三枚に下ろし、やや身を残した骨を三等分ぐらいにして、肝とともに、野菜と合わせ出汁で煮て喰らう「ハギ鍋」は、味わい深い。花札では「猪鹿蝶」とよく言われるが、元は「猪鹿雁」とも言うらしい。「雁《かり》に芒《すすき》」で背景に萩（猪）・紅葉（鹿）・芒（雁）を配した構図の三種の方が堂々たる存在感があり、私にはしっくりくるが、語呂から言えば「蝶」がいいから残ったのかもしれない。なお中華料理や中国の街中で「猪」という字をよく見かけるが、中国語の猪は豚のことであり、日本でいう猪は中国語では野猪と表記される。そしてまた干支の「亥《ゐ》」も中国では豚である。

馬＝桜《サクラ》の由来は、本当に諸説芬々である。捌いたばかりの馬肉は「桜色」だからとか、馬肉の旨い季節が、「サクラ咲く頃」だからだとか、5～6通りもある。私もどれが一番もっともらしいかなど、決定づけられない。話はとぶが、旧帝国陸軍と「桜」の結びつきとの間に「馬」が深く関係していると推測している。帝国陸軍のボタンの紋章に「桜」が採用され、陸軍の代名詞のように「桜」が用いられた理由について、古来日本人の「桜」への美意識が、大きく作用していると説く学者もいる。帝国「海軍」のボタンの紋章は「桜に錨」であり、そこでの「桜」は日本の象徴という意味があることは確かであろう。私が、40年前に暮らした栃木には、旧帝国陸軍の師団が置かれ、メインの軍道には桜が植樹され、今日の桜通りとなっている。件の学者は、軍の中心的役割を担う陸軍が、日本の象徴的な「桜」を精神の中心において、海軍へも広がり、その美意識がやがて太平洋戦争が始まって、「見事な咲きっぷりの桜」から、敗色濃くなって「（潔く）散りゆく桜」が、特攻隊への天皇万歳・自爆美化へと変容していく、と説明している。（菊＝皇室・天皇を支える象徴としての桜の役割を思うと）軍歌など戦意高揚を狙い、若者を駆り立てるには、桜が大きな役割を果たしたことは否めない。私が思うのは、陸軍が桜と切っても切れない関係にある理由が他にもあると考えている。古来戦うものの勇壮な姿は、馬に乗って戦場を駆け巡ることに見られ、多くの銅像にもなっている。つまり陸上戦の中心は騎馬戦にあり、その象徴が馬（駒）にあったと言える。あの司馬遼太郎が描いた『坂の上の雲』で日露戦争での秋山好古の騎馬隊の活躍は、日本が近代国家として国家間の戦いに勝利した陸上戦でのシンボリックなものであった。海軍の力が「戦艦」を意味する「錨」であるならば、陸軍の力の象徴は「馬（駒）」であり、これは第二次大戦までも引き継がれてきた。従って、旧帝国陸軍＝馬（駒）のイメージは完全に出来上がっている。それをどう表現するのか、そこで「日本」を象徴的に表す国花である「桜」という意味に加えて、馬＝桜というこれまた定着している「別名」を陸軍の象徴として採用したのだ、というのが私の想像である。食べるための隠語である「馬（肉）＝桜」という食い気よりは、もっとシンプルに馬（駒）をもって、軍の中心とも言える近代陸軍のイメージにも合致するのは、「桜」しかない、そう考えられての採用でもあったと私は考えている。軍の中心は、今以上に「陸軍」である。この「陸軍↓馬（駒）↓桜↓陸軍」のトライアングルが軍隊として戦意を鼓舞する見地から「桜は陸軍の象徴」として成立するのではないか、学者ではない私の説をただの珍説・奇説と言い切れるであろうか。余談だが、今でも黒い学生服（中学生用）のボタンは、桜の紋章である。もっとも私が高校に入学した折には、（どこの高校生か判別するためにか）高校の校章の入ったボタンに付け替えさせられたが。

『江戸たべもの歳時記』（浜田義一郎　1981年　中公文庫）では、「冬牡丹」「黒牡丹」という隠語は、牛のことだとして、川柳を紹介している。「冷え性で廿日ほど喰ふ冬牡丹」「口どめのほころびてくる冬牡丹」「黒牡丹とは知らぬ小原女」。また同著には、江戸時代に彦根藩から将軍家や御三家に年一回「牛肉の味噌漬け」が献上されていたとか、大石内蔵助も牛肉味噌漬党だと書かれている。ついでに、牛のことで言えば、明治期に多くの人々が憧れた「すき焼き」は関西の呼び名で、東京では「牛鍋」と呼ばれていたと（現在では、「すき焼き」が一般的になっていると言える。よもや坂本九の「スキヤキ」が一役買ったとは思えないが）。

森鷗外の小説『牛鍋』は、牛鍋を囲んで繰り広げられる、たった3人の登場人物のなかなか味わい深い超短編小説（文庫本で４ページ）である。３人の関係を作者は明示しないが、男と女は30前後の同年代（夫婦か？）、娘は7～8歳で男の亡き友人の娘とある。男は晴れ着、女は余所行きの前掛けをしているとあるので、何かの慶事の帰りと想像させる。女を「永遠に渇してゐるやうな目」と形容していて、女の酌でひたすら牛を食べる男と、女の箸で自分も食べようとする娘の「待ちねえ、そりあまだ煮えてゐねえ」と言ってさっと男が口に入れる、「娘の目の中には怨も怒もない。ただ驚がある」、そんな攻防の繰り返し。「食べろとは云って貰はれない」娘も必死で口に入れようとする「成功しても（娘の親でもない）男は叱りもしない」。それを女がじっと見ている。ここで作者は、浅草公園の猿の親子の美味しい輪切りの薩摩芋を例に「母猿は争ひはする。併し芋がたまさか子猿の口に入っても子猿を窘《いじ》めはしない。本能は存外醜悪ではない。」「人は猿よりも進化してゐる」と書いた後、「四本の箸は、すばしこくなってゐる男の手と、すばしこくなろうとしてゐる娘の手とに使役せられてゐるのに、今二本の箸はとうとう動かずにしまった。」「永遠に渇してゐる目は、依然として男の顔に注がれてゐる。世に苦味走ったといふ質《たち》の男の顔に注がれてゐる。」「一の本能は他の本能を犠牲にする。」「こんな事は獣にもあらう。併し獣よりは人に多いやうである。」と鷗外は「」毎に改行しながら「人は猿より進化してゐる。」と結ぶ。「一の本能は他の本能を犠牲にする」とは、「男はもっと食べたいのに食べるのを止めた」「女は自分も食べたいのに娘（自分の娘かどうかはわからないが）が食べるのに任せている」の二つの意味に掛けているように見えて、実は後者であることを示唆する。初めに男が散々一人で食べたのだから、食べるのを止めても、猿と同列かほんのちょっぴり猿よりはマシかもしれないが、じっと堪えている女（「永遠に渇している目」）に鷗外は「人は猿より進化している」と言いたかったのであろう。『高瀬舟』で安楽死の本質を描いた鷗外ならではの、深い人間観察力によって人間の本性を喝破した作品と言える。

さて「牡丹鍋」であるが、猪＝牡丹《ボタン》との隠語を用いるに至った理由についても定かではない。牡丹鍋を鍋に投入する前に、大皿に綺麗に中心に大輪の牡丹を描くように盛り付けているのを見ると、仮にそれが「猪＝牡丹」の命名・定着後に、意図的に盛り付けられるようになったとしても、なるほど牡丹の花の如く綺麗なもので、この命名でいいのではないかと妙に納得してしまう。「立てば芍薬、座れば牡丹、歩く姿は百合の花」と美人形容の決まり文句となった「牡丹」。とりわけ「寒牡丹」と呼ばれる藁囲いされて冬に鮮やかな花を咲かせ、じっと寒さを堪えて春を待つ姿は、いじらしくも見える。演歌の『寒牡丹』は、そんな姿をお決まりの女心に重ねた歌である。

猪の隠語については、「山鯨」だと説明する書物もある。それが、いつの間にか「牡丹」になり、牛は「若」になったということらしい。しかし、「山鯨（やまくじら）」は、獣肉を指す言葉であるとも言われ、「シシ」も同様である。元々猪は十二支では「ゐ」とのみ表記される。シシも山鯨同様に獣の意味で、「ゐのシシ」、鹿は「かのシシ」とも呼ばれていた。「鹿《かの》シシ」が単に「鹿」と呼ばれるようになって、イノシシだけが残ってその呼び名も定着したのではないか、とも想像される。併し、あの平家打倒の陰謀で知られる京都東山の「鹿ヶ谷（シシガタニ）」とか、日本の庭園の装飾に使われる（元はと言えば畑を荒らす害獣よけの）「鹿威し（シシオドシ）」のように、鹿一文字にも「シシ」の呼称があることから、獣類一般を「シシ」と呼んでいたということで留めておいた方が良さそうである。なお、「宍戸」姓の「宍」は、まさにこの猪や鹿の獣肉（時に人間の肉をも）を意味する言葉である。

江戸期の絵画「唐獅子」ないしは「唐獅子牡丹」に見られる獅子《シシ》は、空想的でもあり、猪というよりも「百獣の王・ライオン」を描いたようにも思われる。獅子舞を想起するとわかる。要は猛獣を表すものであろう。「牡丹に唐獅子、竹に虎」は単なる語呂合わせかもしれないが、シシ＝猪が定着したところで、「唐獅子牡丹」から猪＝牡丹の連想が、あの隠語の由来と考えられなくもない。前掲書『江戸たべもの歳時記』では、「牡丹灯籠門へ出し猪を売り」という川柳を紹介し、「山くじらは獣肉の異名と最初に書いたが、カムフラージュのための名をもっているわけで、……（この句にあるとおり、牡丹というのは、牡丹に唐獅子、竹に虎という文句にちなんだもの、そして牛が冬牡丹、鹿がもみじと大そう美化されている。また山くじらは猪肉の意味にも使われる）」と書かれている。この川柳の「牡丹燈籠」は、江戸前期の怪奇物語（深川の米問屋の怪奇伝）を念頭に作られたと思われ、おどろおどろしいイメージを抱かせながら、実は美味しい猪肉を売っている店という何ともユーモラスな一句である。

ところで、現在日本の市町村名で「猪」がつくのは、福島県耶麻郡猪苗代町（あの猪苗代湖のある）と兵庫県川辺郡猪名川町の二つだと誰かが言っていた。意外と少ないものだと思うが、行政区の中の町名や地域名となると、俄然増えてくる。兵庫県のゴルフ場に行くと、猪やモグラが、ティーグラウンドやフェアウェイを、好き勝手に荒らしている光景を目にする。山間の道では、住宅地にかなり近いところでも「ウリ坊連れの猪」を見かけるし、鹿も時に堂々と群れをなしてゴルフ場のフェアウェイに現れ、黒茶色の粒々のお土産まで置いていく。「鹿の子《かのこ》」の模様は、和菓子のデザインと名前にもよく採り入れられる。京都と大阪の府境にあるゴルフ場でのこと、大きな鹿が、われわれの乗るゴルフカートの真ん前を大ジャンプで跳び越えたのには、肝を冷やした。山間に住宅地域が侵食してくる前はもっと自由に生活していたのだろう、と思うと可哀想になる。

有名な上方落語に『池田の猪《シシ》買い』がある。大阪の西のハズレの池田（現在の池田市）の山間に来ると、いくつかの分岐があって、あの兵庫県猪名川町にも通じる道路があるが、この落語ができた頃は、奥の猪名川町まで行かなくとも池田の市街地あたりでも猪が多く出没したことは容易に想像できる（池田に近い大阪兵庫の府県境の山道や、六甲山系を背負う神戸・芦屋の市街地に、今でも猪が時々現れる）。『池田の猪買い』は、上手い落語家がやると、何回聴いても笑ってしまう。「薬食い」の代表格の「猪」は、滋養強壮や冬場の体温維持のための妙薬として、禁制の中で民間で続けられてきた。やはり、獣肉を食べることとは、即効性のあるエネルギー源であったことは、江戸時代にあっても人々は経験的（あるいは口伝えで）に知っていた証であろう。ところで、この『池田の猪買い』の猪は、どうやって食べることを前提としているのであろうか。猪を買いに行く目的が、「冷え性」を治すためで、猪を食らうと体がポカポカ温まる、とのことで買いに行くわけなので、ほぼ「猪鍋」に間違いはないであろう。それに、イメージとしても、肉を食らうだけではなく、熱々の汁（スープ）を飲むことで、より効能があることも容易に想像できる。この落語では、間抜けの主人公に鮮度のいい猪を買うことを勧める大阪商人との会話、主人公が買主となって池田への道中での住人との会話、そして着いてから池田の鉄砲撃ちとの会話、それぞれのやりとりにこの落語の聴かせどころがある。最後のオチは、今まさに獲った猪の鮮度にまで拘る間抜けの買主に、鉄砲撃ちが鉄砲の台カブをどんと地面に打ち付けて仮死状態の猪を目覚めさせ、逃げていく姿を指して「ほら、どうでい、活きがいいだろう」と言って終わる。

ついに「牡丹鍋」を食べる時が来た。そこは前出の兵庫県川辺郡猪名川町の奥まった山間地にあり、昔ながらの武家屋敷を店舗にした囲炉裏茶屋の「里の家」というお店だった。有名人も沢山訪れているらしく、壁にはサインが所狭しと掲げられているが、少しも都会ズレしたところがない。隣の部屋には、いかにも由緒ありげな古い槍と弓が、鴨居のところに並べかけられている。大きな長方形の囲炉裏に向かって、高い梁を見上げたりして武家屋敷の風情をしばし楽しみ、料理の出番を待つ。「つきだし」には、椎茸の石付きの甘辛煮、筍のおかか煮、菜漬の三種。メインの「牡丹鍋」の前に、川魚あまごの塩焼き、猪肉の香味焼き、茶碗蒸しが出てきた。どれもが、自然を感じる逸品ばかりで、とりわけ、炭火の鉄板で焼く猪肉の香味焼きは、猪肉の脂身の甘さが香ばしい焼き目の肉にとてもよく調和していて、少しもしつこさがない。香味は、軽く塩を振りかけているが、食べる時は自家製の柚子胡椒を少し載せ、粉山椒を振りかけて戴いた。猪肉の処理を完璧にしないと、こんな純な味にはならないのだろう。適当な大きさのあまごは、鮎とも違った風味ある味で、化粧塩が香ばしい。これら前菜としては、食べ応えが十分である。そしていよいよ、メインの「牡丹鍋」の出番である。綺麗な牡丹の花が、大皿に載せられて出てきた。もう一つの大皿には、猪肉と一緒に煮る野菜（白菜、椎茸、ねじり蒟蒻、牛蒡、大根、えのき茸、ブナシメジ、豆腐、春菊）と合わせ味噌（赤味噌・白味噌）仕立ての出汁である。これを自在鉤に掛け、囲炉裏の強い炭火でグツグツと煮始めた。猪肉は煮込んでも柔らかく美味しいので一番下にいれ、煮えてきたところで、春菊を入れて、そろそろ戴く時である。

昔ながらの武家屋敷

あまごの塩焼き

味噌と猪肉の肉汁が染み込んだ豆腐から、ふうふう吹きながら、口に運ぶ。絶妙の味噌風味の豆腐と野菜の取り合わせは、説明に窮するほどの素晴らしい出来具合である。そして、脂身が半透明になった猪肉である。これに先ほどの柚子胡椒と粉山椒を適当に載せて、「発酵」研究の第一人者で料理評論でも知られる小泉武夫さん流に言えば「ジュウ、ジュルル、ジュルン」とばかりに、頬張る。猪は、豚とは全く異なる味であることを知り、肉汁や野菜の旨みの溶け込んだ味噌仕立ての汁をググッと喉に押しやる。これは一体何だ。豆腐、野菜・茸、猪肉・味噌ダレの連続で、止まらない。いつしか私と妻は、『孤独のグルメ』の井之頭五郎そのものになってしまった。「ああ、(牡丹鍋が食べたいと生前よく言っていた) 義父を連れて来たかったなあ」、と語り合いながら、罪深い夫婦は、次々と鍋から掬い取っては口へ運ぶ動作を繰り返す有様である。この日は3月下旬にも拘らず朝に雪が積もったりして、この冬一番の冷え込みで、囲炉裏の脇にストーブも焚いて頂いての食事だったが、途中で体がポカポカと温まり、上着を脱いで食べ続けた。ついに鍋を食べ尽くした頃、お店の方が、少なめのうどん (なぜならこの後ご飯が来る) を鍋に入れ、しばし絡ませて、出してくれた。私は、小麦粉アレルギーなので、専ら妻の食レポだが、まさに上等の鍋焼きうどんを堪能したと。そして、締めのご飯も凝っていた。ご飯には、鍋の残り汁で味のついた半熟卵を載せ、さらに煮詰まったあの汁をかけて、お新香とともに戴く。平日で我々

牡丹鍋の食材

牡丹鍋

だけが客だったとは言え、興味深いお話をしながら終始鍋のお世話をしてくれた女性のサービスに感謝しながら、しばし動けなくなるほどの体となって、十分すぎる満足感とともに、囲炉裏茶屋を後にした。「牡丹鍋」恐るべし、である。

2 鴨鍋

「鴨鍋」である。私はこれを琵琶湖湖畔の老舗に招かれて初めて口にした。少し躊躇がなかったわけではない。なぜなら前著の「蘇る『湖の伝説』」で、あの三橋節子さんの奇跡的な偉業の中で、右手切断手術を受ける前の右手で描いた最後の作品『湖の伝説』がある。夕暮れ迫る湖畔で、塒に帰る雁行を子供を抱き見上げる女の足元に一羽の死せる雁が横たわっている。梅原猛氏は死せる鳥を「鴨」と解釈したが、私は雁行から逸れ命を落とした「雁」と考え、気がついて戻ろうとする雁のリーダーに向かって、女が「こちらに来てはならない」（一緒に死んではならぬ）と髪を乱して制している、と解釈した。もし、私が梅原氏と同じ解釈をしたなら、琵琶湖湖畔での鴨鍋を食べる気になったかどうか。とは言っても「雁」もカモ目カモ科だというから、鴨とほぼ同類でもあり、鍋の材料となるものが、「雁」か「鴨」か、肉としての実質的な差異はそんなにないのかもしれないが。そんなわけで、節子さんの作品をしばし忘れて、鴨鍋に舌鼓を打った。

「鴨がネギ背負って……」という言葉がある。自分に都合のいいことが、相手によってもたらされる様を形容した言葉である。鴨と葱の組み合わせは、鍋料理だけではなく、「鴨南蛮（そば）」と、鴨と葱《ネギ》との抜群の相性を生かした人気商品がある。因みに、南蛮という言葉は、舶来を意味していて、料理の世界では、「長ネギ」や「唐辛子」を意味する。ネギは古来から食されたものだが、「鴨南蛮」「鶏南蛮」は江戸時代以降の呼び名のようである。

関西では「南蛮」を「なんば」と呼ぶ。汁そばの「鴨南蛮」は、現代でも人気は衰えない。しかしもともとは、葱よりは「芹《セリ》」の方が、鴨との相性が良く、鴨鍋に用いられたとの記録もある。『江戸食べもの誌』（興津要　１９８５年　旺文社文庫）には、こんな川柳が紹介されている。「芹の上鴨昼寝してうなされる」これはこれでさぞかし美味であろうと、唾が湧き出る。

ところで、野生の鴨の捕獲方法であるが、鉄砲でズドンと撃ち落とすやり方は、流した血が鴨肉に回って味が落ちるのだというし、いかにも残酷で好まない。その点相手を殺傷する武器を使わず、網で捕らえる方法は、何よりも自然に優しい。併し、

「無双網」と呼ばれる方法は、人間の知恵によって一度に多くの鴨を生け取りできるので効率的であるが、もっとシンプルに一羽ずつ網で捕らえる方法に私は惹かれる。典型的なのは、夕暮れ時に鴨の通る場所にいて、鴨が上空を通過する時に、①網を投げ上げる「坂網」猟、②網を突き上げる「つき網」猟、③（土手の様な）斜面に仰臥してすうーと網を立ち上がらせて獲る方法（この名前は知らない、定かではないがその昔ＮＨＫの「新日本紀行」で放映していたような記憶がある）。小学生の頃の「昆虫採集」で野山で蝶や蟬など追い回した頃を思い出させる。これらは非効率だが自然の恵みを必要な分だけ有り難く頂戴する、優しさと感謝が感じられる。先述の「鴨がネギ背負って……」とか「あいつはカモだ」とかは、鴨が比較的容易に捕らえることができるからこそ生まれた言葉のように思われる（私も麻雀を覚えたての頃、まさに「カモ」そのもので貢ぎ役を演じていた）。そんな鴨の習性を知って、傷つけずに捕獲することは、鴨への敬意でもある。徳川家康などの戦国武将が好んだ「鷹狩り」の捕獲対象でもあった鴨ではあるが、「鷹狩り」も鉄砲・弓矢と同様に「相手を殺傷できる生きた武器」であり、捕らえた鴨が鷹の爪で傷を負い、鉄砲ほどではなくとも鴨肉にダメージを与えるのだという。鴨の側に立てばこうなるが、武将としての高度に洗練された趣味としてみると、これほど狩猟本能を掻き立てられる遊びもなかった。

「鴨」という字は、『角川漢和中辞典』（貝塚茂樹他　角川書店）によると「かもの鳴き声を表す甲を音符とする」とあるが、鴨の音読みは、「コウ」ではなく「オウ」であり、鴨緑江とか鴨脚樹（公孫樹―イチョウの別名。葉の形がカモの足型に似ているところからいう）を例示している。また「甲」の字は、「コウ」のほか、「甲高い（かんだかい）」とか「甲板《かんぱん》」のように、「カン」とも音読みされる。鴨の鳴き声をYouTubeなどで聞いてみると、甲高いというよりも「ギー」「グィー」というようなアヒルのような鳴き声に近いように私には聞こえる。しかし、いくら日本語で考えても仕方がない。どう聞こえるかは、国や人によって異なることが多いが、この漢字のできた中国語では、「甲」は〈ヂィア〉に近い発音と言われるし、「鴨」は、「ヤ」と発音する。「ヂィア」は、なるほど私が聞こえた「ギー」とか「グィー」と似ている。また、同辞典で「鴨」の周りをみると、鳥の鳴き声を漢字に使用しているものとして、鵝《ガチョウ》を挙げる。鴉《カラス》や鶏《ニワトリ》もそうかと思ったが、違っていた。鶏の偏の「奚《ケイ》は、旧字体が音を表し、夜明けの意の語原（啓）からきている。啓明を告げる鳥の意」と書いている、なるほど。

これで私がすぐに連想してしまうのが、国民歌謡の『朝』である。これは、島崎藤村の『落梅集』に収められた「一章　千曲川旅情の歌」の中の「労働」の初めの歌「朝」に、小田進吾がメロディーを付けて、昭和11年発表され、国民歌謡第一号として、大ヒットした作品である。この詩の二番にこうある。「諸羽《もろは》うちふる鶏《くたかけ》は　咽喉《のんど》

の笛を吹き鳴らし　けふの命の戦闘《たたかい》の　よそほいせよと叫ぶかな」これを高田彬生のバスバリトンで聴く、これが最高である。これから戦争に突入していく日本の兵士たちを鼓舞するに相応しいとも言えるのだが、そうしたことを抜きにしても力強く清々しい一曲となっている。私がかつて持っていた倍賞千恵子の音楽テープにも確かこれが入っていた。島崎藤村の詩は、何とも素晴らしく、私の青春時代と重なって思い出される。藤村自身は曲になることなど思いもよらなかったと思うのだが。『若菜集』の『高楼』（＝『惜別の歌』……とほきわかれにたへかねて……）、『落梅集』のこの『朝』や同じ頃作曲された国民歌謡の『椰子の実』といずれもが心に残る。

これほど朝を告げる鳥であり、貴重な蛋白源の鶏卵を提供してくれる「鶏」を食べようというのだから、罰当たりかもしれない。それ故に、昔は鶏を進んで食べることは避けたとの記述も見かけ、専ら鴨や雉などの野鳥を捕まえて食したとも言われている。

また、四つ足の動物は、せめて正月はやめておこう、二つ足にしておこうとの習慣が少なくとも私の生まれた東北地方にはあった。「四つ足」の「四」が「死」に繋がり縁起が悪いとされたから、もっぱら手に入りやすい「鶏」が用いられたが、昨今のおせち料理では、豚ハムや焼豚、ローストビーフなど、四つ足のオンパレードである。時代も変わったものだと痛感する。前著にも書いたが、煮凝り状態の煮鶏は、雑煮やうどんの具として、出汁も出て正月の楽しみでもあり本当に重宝した。「かもとりごんべえ」という童話がある。怠け者のごんべえが、一日一羽しかとらない村のルールに反して、一度に10羽捕まえ、9日間を寝て暮らそうと考える。捕まえて油断していると、10羽がいっぺんに飛び上がり、ごんべえも空に舞い上がってしまい、落ちては次なる苦難に繰り返し遭遇する、というお話で、「勧善懲悪」の典型である。もちろん、怠け者はいけないし、他人を騙すようなやり方もいけないが、別の見方をすると、容易に鴨を捕らえられるからといって、そんな捕まえ方をしてはいけない、という「人間には優しさが必要なのだ」という教えもあるように思う。さらに空を飛ぶというのは、人間にとっては憧れでもあるのだが、鳥の自由な世界であってそれを犯すものへの自然の報復のようなものも感じる。童話というのは、単純なようで、実は大人の世界に十分通用する内容が含まれていることが多い。幼子に読み聞かせをしている親にも語っているのが、童話なのだとつくづく思う。私は、新美南吉の絵本（鈴木靖将　絵）がとても好きである。

「鴨」を語る上で、外せないのが、平安から鎌倉時代に生きた鴨長明であろう。下鴨神社の禰宜の子として生まれた彼は、神職に恵まれず、終いには出家して、京都伏見に隠遁し、隠棲の生活のことなど無常感あふれる随筆『方丈記』を記した。彼の人生観には、共感するところが多いが、彼自身が出世・栄達の道が閉ざされたからこそ書

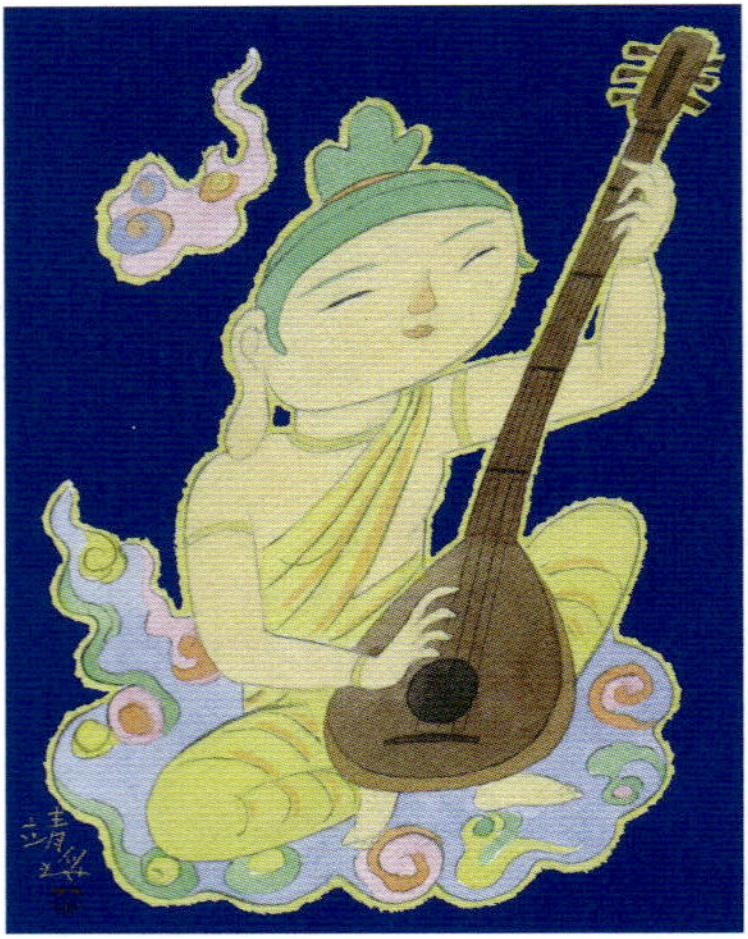

雲中菩薩（鈴木靖将　絵）

けた随筆であることを考えると、初めから僧侶の道を選び悟りの境地に至らんとするのならばいざ知らず、人間そうそう簡単にこうした「俗世の欲」（煩悩）から解放された人生観など持てはしないのだということがわかる。やや嫌味に考えれば、鴨長明にしてみれば、そう考えるしか自分を肯定的に捉えられなかったのかもしれないが、それにしても名文である。ただ、出世欲をどの程度表に出すかで、周りの人のその人への好感度ないし嫌悪度が大きく異なることも事実なので、「出世欲ギラギラ」と「本当の無関心」の間の中で、世の中無難に渡ろうとすれば、うまく無欲を装うのも処世テクニックと言える。出世から外れた途端に、「不遇の理不尽さ」を悔恨交じりに声高に主張しても後の祭りで、滑稽さだけが残る「犬の遠吠え」としか見られない。そうしたことを理解した上で、「結果がどうあれ出世に執着しない堂々とした心持ち」があるかどうか、組織社会の中で周りから見られているのであろう。つまり、自分の大きな展望や目標をしっかり持って、置かれた場所で「一所懸命」であることが、古今東西を問わず大切なのだと思う。鴨長明は、そのことを良く知っていたからこそ、名随筆『方丈記』を書けたのであろう。

文豪森鷗外の有名な小説に『雁』がある。高利貸しの妾となっている不遇の女「お玉」と、彼女が想いを寄せるドイツ留学を前にした学生「岡田」との千載一遇の二人だけの逢引きのチャンスを岡田の友人の「僕」がたまたま下宿の食事のおかずが嫌いなばかりに、岡田を「牛鍋」に誘うことで意図せず潰してしまう。そして僕と岡田が不忍池を歩いている時、友人の石原が雁に投石して捕まえようとするのを見た岡田が、雁を逃がそうとわざと投げた石が雁にあたり殺してしまう。その雁肉を牛鍋に代えて「雁鍋」として食べることになって、お玉と岡田の二人だけのチャンスは訪れず岡田はドイツに旅立つ。お玉が高利貸しの妾になった複雑な事情やそれを巡る高利貸しと本妻との関係などを「僕」に語らせる鷗外の「心理描写」の冴えた筆力には、ほとほと感心させられる。鷗外がなぜこの小説のタイトルに「雁」としたのだろうか。偶然僕の下宿の嫌いなおかずが元での岡田と連れ立っての外出で、偶然にも雁を助けようとした岡田の投石が、不運にも雁を殺し、それを食べて翌日ドイツに旅立つ岡田、そしてお玉から希望を奪ってしまう「偶然の因果」を見事に描いている。不運の「雁」

を「お玉」に重ねたことには違いないし、それでも生きていこうとするお玉の生き様を、仲間が死んでも不忍池で何事もなかったかのように羽を休める雁にも重ねたに相違ない。鷗外の奥深さを感じる作品の一つである。余談だが、松本清張は、森鷗外その人とその作品に特別な感情を抱いていたと思わせる作品を残している。『ある「小倉日記」伝』『鷗外の婢』『両像　森鷗外』などで、清張の漱石や芥川に対する極めて冷淡でそっけない評価とは対照的なまでの執着ぶりを見せる。そう言えばここではどうでもいいことだが、前章で書いたさだまさしさんのグレープ時代の作品『追伸』にも「あなたに借りた鷗外も　読み終えていないのに」との歌詞があって、妙に記憶に残っている。ああ、もう連想ゲームは止めなければ……。

さて、「鴨鍋」である。そのお店は、鯖街道と言われた若狭街道にあって琵琶湖湖畔に面した300年の伝統をもつ老舗料理旅館「丁子屋」であった。私たち5人が丸テーブルを囲んだのは、古いやや狭い急な階段を上がった2階の景観を楽しめる特等席であった。目の前で寄せては返す湖岸の波音を聞きながら、湖に浮かぶ「竹生島」が見え、その彼方に長浜が霞んで見えていた。この絶景こそが、まず第一に出てきたご馳走だった。黒田清輝の名画「湖畔」や服部良一が作曲して高峰三枝子が歌った「湖畔の宿」の歌を思い出させるようなそんな気分の中に私は浸っていた。この店のリーフレットによれば、「『琵琶湖周航の歌』が創られたのがどうも、ここ丁子屋らしい。この歌は明治26年以来つづいていた三高（現在の京大）端艇（ボート）部の恒例行事だった『琵琶湖周航』を、大正6年に当時の学生が宿泊地であった今津の宿で青春讃歌として披露したものらしいのです。そして、その今津の宿というのが、当時三高の定宿だった丁子屋にまちがいなさそうなのです。」（平成6・2・18 読売新聞夕刊—掲載）と紹介している。当時の風情がそのまま残っている飾り気のない老舗で、当時の三高生が、同じ場所で同じ風景を見ながら、大きな声で歌ったり騒いだりしたのだろうなあ、と一人勝手に思い巡らしていた。

まず出てきたのが、目の前の丸テーブルに埋め込まれた七輪での琵琶湖特産「ホンモロコ」の炭火焼きである。ホンモロコの佃煮は私の好物でもあり、滋賀に来た時はよく買って帰っていたが、炭火焼きしたのは初めてである。この小さな魚の「ギシギシ」とした独特の食感の身を嚙み締めると、こんなに香ばしくもあり味わい深いとは。それもそのはず、佃煮で独特の美味しさが出るのは、素材の力がすごいものでないと甘い醤油に負けてしまう。そして、小鮎の甘醤油煮、鯉のあらいの酢味噌である。鯉のあらいは何と久しぶりなことか、おそらく半世紀近く前のことであろう。その昔、山奥の生まれの人としばらく関わりがあり、そこを訪れた時以来である。海水魚に慣れた多くの日本人にとって、淡水魚はやや臭みがあって敬遠されがちだが、私には慣

宿から見える琵琶湖と竹生島

小鮎とホンモロコの醤油煮

れたせいなのか気にもならず、ひたすら舌鼓を打ちっぱなしである。そして、鰻の蒲焼を炭火で再焼きというより、少し前に焼いたものを再度炭火で炙るといったものである。再焼きでは、鰻の旨みが損なわれるのではと思われるが、それはなくむしろ香ばしさが強調されている。この三種の前菜は、これから出てくる鴨鍋の序奏にしては贅沢すぎるし、鴨鍋が出てくるのを一瞬忘れてしまいそうである。

ああ、いよいよメインの鴨鍋かなと待ち構えていると、トドメの前菜が出てきた。綺麗に薄切りして並べられた「琵琶湖名物の鮒寿司」がきた。

私が、東北から就職で関西に出てきた頃、『「食」—京都の誘惑』（文藝春秋編　1983年　文春文庫）という本を買って、調べながらこれまで食べたことのない食べ物を次から次と試し喰いをしていた。この本には鮒寿司の綺麗な断面写真が載っていて「ロックフォールやブルーチーズにも譬えられる鮒ずしの美味。周りの飯もうまい」とある。そして「この飯はまさにチーズで、これはこれだけで賞味していただきたい。チーズといったけれども、その味はどこか高貴なものを感じさせて淡く、まろやかで、しかもねっとりと舌の上でとろけていく。かたく炊いてあるためわずかに粒を感じるが、その一粒一粒が高貴な味わいを噛み締めさせることになる。」「鮒は薄く輪切りにする。すると茜色の卵があらわれる。卵の他は皮ばかりで、身は背の下にごくわずかあるに過ぎない。脊椎が大幅に移動して、背びれにくっつきそうになっており、信じがたい量の卵を抱いているのだ。鮒そのものが、いわば卵に化しているその時期に捕獲して、すしにしてきた人智には驚嘆の他ないのである。」「キャビアにしてもからすみにしても、魚卵はそれぞれに美味であるが、鮒ずしの味はより微妙で複雑にいく種もの味がとけ合う。卵と一緒に骨、身、皮を食べるからなのだろうが、その満ち足りた味わいはほとんど比類のないものだ。」と賛辞は止まない。長々と引用したのは、私もまた同感であり、関西の味に惹かれ始めた初期の感動が、この魅惑的な写真そしてこの文章と共にあったことが忘れられないからでもある。私が、これぞと思って帰省の折の土産に買っていったら、甥が「おじちゃん、これは生ゴミの臭いだ」と吐き出していた。この味の凄さを感じることができるには、歴史や風土への関心や愛着がないうちは無理なのだ。何度か食べて噛み締めて、歴史を感じて初めてわかることとなのだ、と一人合点した次第である。ああ、ニゴロブナよ、これからも琵琶湖で生き続けてくれよ、あのロックフォールに負けない味をこれからも頼むよ、お願いだから。

そしてついに来た。出てきた鴨鍋の具材は、芸術的に綺麗に放射状に並べられた鴨肉と、山のような葱に加え、焼き豆腐・芹・椎茸・エノキ茸・であった。琵琶湖の鴨は今では捕獲できないが、この日出してくれたのは、福岡産の青首だった。どうして私は、鍋を見るとこんなに興奮してしまうのか、と自分でもおかしくなる。牡丹鍋の

鴨鍋の食材

鴨鍋

時もそうだったように。お店の女性が、だし汁の鍋に、まず葱を一杯に敷き詰め、その上にきのこ類・豆腐そして最後に、鴨肉を被せるように載せて蓋をし、炭火を強くして沸騰を待つように教えてくれた。鴨肉の皿には、鴨の骨ごと叩いた小さなつくねや、肝などの内臓も添えられていた。ぐつぐつと湯気を噴き出した頃に、私たちは待ちきれずに各々が箸を伸ばした。まずそーっと口に入れた「鴨の汁」で、なるほど冬場に遠くからこの雪の積もる湖西の宿にくる理由をひと掬いで理解できた。皆も少し我を忘れたように、ちょうどいい具合に煮えた葱や鴨肉をせっせと口に運んでいる。私も負けてはおられない。湖の岸から20mほどのところで、鴨たちがしきりに羽音を立てては潜ったり、仲間たちと戯れていた。それを見た私は、やや罪悪感を感じながらも、何せ食欲には勝てるはずもない。鴨たちに、「湖の恵みを君たちも一杯もらんだぞ」なんてことを呟きながら、罪を忘れて、ハチャトリアンの『剣の舞』ならぬ「舌鼓の乱打」である。煮ている時間と共に、葱や豆腐への汁の浸み込み具合が増して、鍋としての一体感が上がっていく。二回目の具材投入の時には、何をどういう順番で食べればより美味しいかなど、少しばかり余裕が出てきて、つまみ上げる箸の速さも変わっていた。そして、いよいよ「締め」のうどん投入である。鴨や野菜の出汁を十分に含んだ残り汁は、その最後の身のふり場所を待ち構えている。ああ、なんという至福の時であろうか、しかしそれは小麦粉アレルギーでうどんを食べられない私以外の仲間たちの想いであった。私は誓った。「この次に来る時は、必ずご飯持参にしよう、その時のリベンジまで、『鴨よ、葱と芹を用意して待っていて』くれよ」、と私は願うばかりだった。

鴨鍋を堪能して、琵琶湖湖畔に下りて、春風にあたりながら、満足感に浸って店を後にした。でも、あの湖魚の味に魅せられている私は、一人この老舗旅館の向かいにある佃煮屋で、「ホンモロコ」と「小鮎」の「醤油煮」を買い求め、明日からの朝食の楽しみを確保し、今津を後にした。

山里と湖水の「舌鼓の競演」は、かくして双方持ち味を十分に発揮し、ともに譲らぬ堂々とした戦いぶりで幕を閉じた。

五、「もってのほか」に候

1

前章で、森鷗外の『雁』のことを書いている時に、思い出したのが、中学時代小説に目覚めた頃に読んだ伊藤左千夫の『野菊の墓』である。主人公政夫と民子は周囲の反対で叶わぬ恋、やがて政夫は進学で町に移り、民子はやむなく結婚するも流産し、自らも命を落とす。民子が死ぬまで政夫の写真を持っていたことを知り、無理やり他家に嫁がせたことを悔やむ民子の母の話とそれを聞く政夫。私は、この時の政夫ののカット写真でも見るように、頭の中に焼き付けてしまっている。私もまた、政夫に「畳を掻きむしる光景」（本にどう書いてあったかは忘れたが）をまるで映画の一場面なりきり、胸がいたく締め付けられたからでもある。政夫がその後、民子の墓に行く場面や、そこに野菊が咲いていて、それが題名にもなっていることなど、もちろん知ってはいてもあまり気に留めることはなかった。自分でも不思議なくらいである。異性に興味を持ち始めたティーンエイジャーに成り立ての私にとって、悲恋をわがことのように小説で味わい映像化した瞬間だった。

そして、政夫の進学で二人が別れ、そして最後の場所となったのが、あの「矢切の渡し」であったことは、この名前の歌が流行ってから随分と後で、もちろん私がこの小説を60年代初めに読んでから、何十年も後のことである。70年代後半～80年代初めに流行った演歌『矢切の渡し』は、『野菊の墓』のストーリーとはなんの関係もないが、男と女の親に反対されても添いたいと願う男女の切ない思いは同じである。川の「渡し」を境に、ともに越えるのか、ここで別れてしまうのか、「橋のない川」を前にして、その彼我の差は途方もなく大きい。生死の境もまた同じである。だからこそ、そこに至った人々の思いが、「渡し」の前で迸るように表れる。そうした感情を歌った『矢切の渡し』の歌は、石本美由紀の歌詞に船村徹が曲をつけたもので、ちあきなおみはじめ多くの歌手が歌っているが、私のイチオシは、なんといっても島倉千代子とこの曲を作曲した船村徹のデュエットである。これは譲れない、そして次が、ちあきなおみである。

私にとっての中学時代の思い出の中で、忘れ難き小説こそ『野菊の墓』である。60年以上も前の思い出を今になっても振り返ることができることを、「記憶の配当」「思い出の配当」というのであろうか。『Die With Zero』は、死ぬ時に無駄な金を持っていてもしょうがない。老後をボーッとして暮らすのではなく、その時のために「思い出作り」という投資（蓄積）をして、楽しく振り返る（思い出の配当）有意義な人生を送れ、とのメッセージである。しかし、その投資が、老後のためにというのは結果論でもあり、投資行為（例えば海外旅行など）それ自体に楽しみを見出せなければ、おそらくやる気になれないことも確かであろう。楽しみを伴う「投資行為」であるからこそ、後の配当（充実感）も大きくなるし価値が出てくる。とすると、この投資の楽しみは得たいとは思うけれど、なぜか踏み切れない人に対して「背中を押してやろう」「楽しいことを今のうちにもっと積極的に金を使ってでもやりましょう」というアドバイスである。裏返しで、必要以上にお金を貯めて死んでいくことの虚しさを語っているようにも読める。いずれにせよ、その人の人生における選択と結果の総括は、その人にしか」できない。プラスマイナス色々あっても、多少の満足感・幸福感を持って人生を全うできるのならば、それに越したことはない。より大きな満足感・幸福感を求めるかどうかは、その人の人生観による。人それぞれの人生観にまで踏み込んで語ることとは、無責任な人生観の押し付けと紙一重である。

過去の記憶を大事に体に植え付けているという不思議な事象というのは、人間だけが体験できると思っていたら、そうではなかった。幼い頃に人間に可愛がられ育てられた猛獣を野生に戻し、何年も経過して成獣となってから、育ててくれた人と大草原で再会した時に、その人を襲うどころか昔を思い出して嬉しそうに尾を振りながら擦り寄ってくる姿を見ると、動物としての「愛の記憶」は確かに人間のそれと変わらないと感じる。動物の本能には違いないが、それで済まされるであろうか。愛を経験し記憶し、再現して等しく感謝する行動は、人間以上かもしれない。

2

野菊といえば、この頃『野菊』（石森延男作詞、下総皖一作曲）のような懐かしい唱歌は、とんと聴かれない。この歌は、歌詞が教科書的だとか説明的で感心しないとか言われているが、私には心に沁みる歌である。たまに車でラジオを聴いていると出てくることはあるが、それでも頻度は少ない。テレビでは、童謡や唱歌を歌い聴かせる番組を見つけられない。小学校の教科書がどうなっているかを調べてみると、『野菊』が入っているか否かは別として、小学唱歌なるものは、我々が小学校当時から比べれば、その後の音楽の出現もあって、比重ははるかに小さくなってはいるが、それでもそれなりにそれぞれの学年で採り入れられている。つまり子供たちの幼少期の記憶の中に、童謡や唱歌は生き続けているはずである。しかしテレビでは、歌謡曲やポップスなどは毎日のようにながされている反面、童謡・唱歌そして日本歌曲は全く取り上げていないのである。どうしてしまったのだろうか。これらが、人々に感動を与えるものであることを、あの東日本大震災の後で、訪日して被災地での慰問演奏をしたプラシド・ドミンゴが歌った『故郷』を聴いて、多くの聴衆が憚ることなく泣いたこと一つとっても証明できる。

日本音楽の研究家でソプラノ歌手の藍川由美さんは著書『これでいいのか、にっぽんのうた』（文春新書　1998年　文藝春秋）の末尾でこういう。「私は敢えて文部省に、世界に誇れる教科書の編集・発行を望みたい。二度と学校教育において『軍歌』を歌わせるようなことのない、世界が変わっても内容を変えずに済む教科書である。いま、わが国には、それに値するたくさんの『うた』がある。われわれ自身がそれを芸術作品として認めないまま、いつまでも西洋音楽に隷属していたのでは、この百年あまりの営みを否定することにもなりかねない。『日本のうた』も世界遺産的メロディーになれるのだという視点で、今後の音楽教育を進めていって貰いたいと切に願うものである。」として、教育面での提言を行っている。その通りだと思う。それに加えて私は、テレビ番組編成においても、とりわけ公共放送たるNHKにおいては、こうした視点を持って、日常的に取り組んで欲しいと心から思う。日本人のアイデンティティーを見失っているのではないか、とさえ訝ってしまう。藍川さんは、「日本の歌」を歌う時の、日本語の発音（発声）についても、美しい日本語をその意味をよく理解して歌うために厳しい注文を出している。私は、そこまで厳しくなくとも、鮫島由美子の歌う「日本のうた」やあのキャサリン・バトルの歌う『初恋』や『この道』を聴いても、深い感動を覚える。藍川さんの「世界遺産的」という言葉が、決して大袈裟ではないことが実感できる。

3

「菊」で忘れてはならないのが『庭の千草』である。アイルランド民謡に里見義が訳詞をつけたもので、文部省唱歌になっている。しかし題名の「千草」を歌っているのではなく、少なくとも「菊」を歌っている、というか「菊」に準えて語っている、そんな歌である（元々里見の詞は『菊』という題名）。里見は、幕末から明治前半に生きた人で、『埴生の宿』の訳詞者でもある。この人の教養はすごいと思う。この時代（つまり明治維新の頃は40歳前後と思われる）に、日本の伝統的文化を熟知し、英語を理解して、原詞よりも深い訳詞を作ることができる能力は、そんなに簡単ではなかったはずである。しかも、最終的には、原詞とは真逆の意味をこの歌に付与したのである。原詞は、『The Last Rose Of Summer』（名残のバラ）である。自分を「バラ」に例えて、周りから花たちが消えて（死んで）しまったら、どうして生きていけようか、と嘆き悲しむ歌である。物悲しいアイルランド民謡に乗せて、切々と歌われる、決して明るい曲ではない。私は、ルネ・フレミングの歌うこの曲が大好きである。研ぎ澄まされたソプラノの高音かつ長音は、身震いさえ覚える。里見義の訳詞は、「どんなに一人になろうとも凛として生きる」固い意志を歌っている。一体この対比はどうであろうか。前作（「蘇る『湖の伝説』」）の中に収載した「『風』に出会った時」で、堀辰雄の小説『風立ちぬ』と宮崎駿のアニメ『風立ちぬ』の冒頭の台詞の主張の相違に通じる。この『The Last Rose Of Summer』の場合は、堀辰雄の「生きないよなあ、死ぬかもなあ」という消極的なものよりも、強く「生きてはい（ゆ）けない」という主張である。宮崎駿は「生きねば」と強い意志を持って描いている。里見義の「ああ白菊　ああ白菊　一人おくれて咲きにけり」「ああ　あわれあわれ　ああ白菊　人のみさおも　かくてこそ」と歌う。どんなに孤独で孤立しようが、『野菊』の歌詞のように「霜が降りても負け（ずに）」生きる、生きていく、そんな力強い意志を歌う。それを「バラ」ではなく「白い菊」という気高く孤高の花にたとえ、「凛として生きる様」を描いた。白菊を持ってきた里見の並々ならぬ能力に感服する。つまり、こんな深い内容の歌が、文部省唱歌というジャンルに入っていること自体不思議な感じがする。役人が「文字面だけで分類」したのであろうか、それゆえか『庭の千草』を歌う日本人歌手（特に童謡歌手）の〝明るく軽いテンポ〟のそれは、興醒めとしか言いようがない。原詞も訳詞も明らかに「生と死」を強く意識した歌詞である、そのことを忘れさせてしまう歌い方を恥じなければならない。原詞を歌っているのが、挙って著名な歌手たちであることは、それを意味している。さださんも言っていた「菊は特別な花」なのだということを思い出す。

4

大阪の枚方市の花は「菊」である。この町では、毎年「菊花展」や「菊人形展」があり、品評会が行われる。見事な大輪に仕上げたいくつもの菊花が、所狭しと並べられる、秋の風物詩でもある。でも、私は「菊人形」の方は、あまり好きではない。菊を衣装に見立てて、役者などの人形に仕立てるのは、発想としては面白いかもしれないが、そのように材料化された菊を見ていると「菊が泣いている」ようで、とても悲しい気分になる。前章で書いたさだまさしさんは、前掲書『さまざまな季節に』の中で、「毎年秋になると靖国神社で菊の品評会をやりますね。あれも恐いな。昔から品評会って奴は恐い。皆で持ち寄って競い合うものは、100パーセントその参加者自身の手によるものでなければ信じられない。犬にせよ花にせよ、それを育てる事はすばらしいが、育ったものを競い合わせるのはどんなものですか。一寸飛躍しますが、タレントを育てちゃ取り替える芸能プロと、寸分違わない次元です。従って、僕はミスなんとかコンテストを全く信じない。」「菊と日本人は昔から妙な関係にあります。むしろ菊の存在感が高いのは、これは皇室のシンボルであるせいなのですが、そればかりではない理由は、あの大輪の菊の花弁そのものに違いない。黄色か白以外の色彩を拒絶する菊という奴は、じつにしたたかな意志を持っているのです。人間共の冠婚葬祭に参加し、冷ややかにつつましく、我々をみつめているのです。」と書いている。私は、「育てたものを競わせる品評会」を全否定するつもりはないが、さださんのいうことも理解できる。確かにそうした面があることは否定できないからである。菊やその他素材となるものへのリスペクトがあるのか、それを鑑賞する側に不快さを催させることがないのか、それを忘れてはならないであろう。

5

「菊」繋がりで私は、好きな作家「菊池寛」を挙げなければならない。新潮文庫には、二つの『藤十郎の恋』がある。一つは『父帰る・屋上の狂人』に収載されている8編の戯曲の最後に『藤十郎の恋（三場）』であり、もう一つは『藤十郎の恋・恩讐の彼方に』の4番目に収載されている小説『藤十郎の恋』である。前者の解説者永井龍男はこう言う。「菊池寛が、最初に眼ざしたのは、戯曲であった。『父帰る』を始め……『藤十郎の恋』は……第一稿はすべて同人雑誌『新思潮』時代に、書かれた一幕物である。一幕物に確信を持っていたこの作者は、それらの作品では、注目を惹き得ず、まず短編作家として文壇に第一歩を印した。そして大正9年に、『父帰る』が大劇場で上演されるに及んで、俄かにこれらの一幕物は劇壇に迎えられ、その劇作の殆どが、脚光を浴びることになった。殊に『父帰る』と『藤十郎の恋』の二編は、大正昭和を通じて世評高く、すでに今日では古典的な存在となっている。……菊池寛は、戯曲の腹案題材を無数に持っていた。戯曲が顧みられぬと知ると、それらの題材を、いくつかの小説の形式で発表し、後に自ら劇化している。……菊池寛は、狭小な『純文学』

の世界を脱して、後に新聞小説に専心し、ここでも我が国の文学に一紀元を劃したが、菊池寛の戯曲が所謂新劇畑の人々にはさして重んじられず、商業劇場で好評を博し、新しい観客を吸収したことは、この作者として大きな満足を感じたろうと、私は想像する。」

そして小説の方の解説者吉川英治は「坂田藤十郎は、先年死んだ中村鴈治郎と同じ役所を持った元禄期の俳優である。しかし、鴈治郎などとは違い、卓絶した演技構想をも心得た名優であった。……この作品は、作品の価値によるよりも、鴈治郎によって上演されたため、大名を成したのである。とにかく鴈治郎の容顔姿体だけは、藤十郎を写して充分だったのである。初めて鴈治郎がこの作品を携えて上京し、歌舞伎座で二ヶ月間にわたって興行した時の人気は、すばらしかった。菊池氏は、この一作によってだけでも、相当の人気作家になれたであろう。」とやや皮肉まじりに解説している。

こうしたドラマティックな筋書きのものは、小説よりも戯曲で演じる方が、はるかに印象深い。何しろ目で追って理解する小説よりは、役者が実際に言葉を発し、魅力ある動きを見せ、ダイナミックに筋書きを展開する戯曲に軍配が上がるのは自然のようにも見える。しかし、作者は、小説・戯曲それぞれの持ち味を知り尽くして、そこに「相違」をつけるという「創意」を見せる。①小説では、江戸から京に来て、日新しさを売り物にする役者七三郎の真の実力を見抜き、挽回を図ろうとする坂田藤十郎の心の動きを丁寧に描く。②そして近松門左衛門の起死回生の脚本（人妻との命懸けの恋を描く作品）の演技に藤十郎が苦悶する中で、茶屋での宴を抜け出て、偶然にも茶屋の傾城の妻女で貞淑のお梶が部屋に入ってきた折に、昔からの恋心を打ち明ける。お梶が本気で受け入れる寸前に、藤十郎は演じかたを得心したと、お梶を置いて部屋を出る。その辺りは会話中心なので、戯曲ともほとんど変わらない。③しかし、藤十郎が大好評で演じようとしていたある朝に起きた結末のところ（お梶が楽屋に入り込んで自害する）は大いに異なる。小説では、「或る朝、万太夫座の道具方が、楽屋の片隅の梁に、縊れて死んだ中年の女を見出した。それは、紛れもなく宗清の女房お梶であった。……が誰人も藤十郎の偽りの相手が、貞淑の聞え高いお梶だとは思いも及ばなかった。ただ、……藤十郎は、雷に打たれたように色を易えた。が彼は心の中で、『藤十郎の芸の為には、一人や二人の女の命は』と、幾度も力強く繰り返した。が、そう繰り返してはみたものの、彼の心に出来た目には見えぬ深手は、折にふれ、時にふれ彼を苛まずにはいなかった。」として余韻を持たせている。一方戯曲では、お梶が、楽屋に乗り込んで藤十郎ともすれ違い、その後で短刀で胸の下をたった一突きで自害し、楽屋の皆が大騒ぎをする様子が描かれている。死骸をじっと見た藤十郎は言葉なし、と書いている。そして小説と同じ文句をここでは「口に出して」、再び舞台に立つということで終わる。こうした小説と戯曲の違いは、少なくとも戯曲では表現できない心の動きや情景を小説ではきちんと示して、読者にしっかり理解できるようにしなければいけないし、逆に戯曲では、心の動きを所作でわかるように表現できなければならないので、間の取り方も含めて、技術を求められる。その上で、死に方の相違は、戯曲では技術的にも危険が伴うし、より劇的効果を考えてのことだと思う。また小説は短編でもあり、他の作品同様に文章に無駄がなく非常に読みやすいし、心に残る一作である。戯曲は、これに実際の舞台装置や役者演技などの要素が加わることになるので半製品の状態ではあるが、②③の見せ場をいかに提供できるかにかかっている。小説と戯曲の優劣を比べること自体が、そもそも誤っているとしか言いようがない。私はこの劇を見ていない、是非とも劇で見てみたいものである。

6

私の生まれ育った町は、東北の港町でした。そのためほとんど毎日のように魚を食べる生活で、肉は珍しくもあり、しかも食べてもたまに豚と鶏を食べる程度であった。

牛肉を食べた記憶はたった一回だけで、すき焼きを食べたのも、関西に本社を置く企業に就職してからで、多くの同僚の中では、稀有な存在だった。今になって考えると、魚に関しては、本当になんと贅沢な食べ方をしていたものだと思う。港町で、町内には数多くの水産加工を営む家があって、魚をすり身にして、蒲鉾（笹かまぼこ・揚げ蒲鉾）・ちくわを製造するのである。従って、そこで出てくる「魚卵」と「白子」は、処理対象になっていた。とりわけ冬場のタラのそれが多かった。しかし、魚卵は需要もあって、なんとか捌いていたのだろうが、当時白子はほとんどが捨てられていたのではないか、と思う。水産加工場の近所に住んでいた私の家では、水産加工屋の知人からそうした「白子」をバケツに一杯もらうこともあった。たまに「魚卵」ももらうこともあって、と言っても今売られているスケトウダラの卵ではなく、大きなマダラの卵であり、魚卵の袋を破って大きな入れ物に入れ、塩・日本酒で味をつけて漬け込むと、4～5日で立派なおかずになった。単におかずになるだけではなく、必ず「きんぴらごぼう」にも入れ重宝した。問題は、バケツに一杯入った白子である。私たちの地方では、この白子はその姿形から（脳ミソのようではあるが）、「白菊」とか単に「菊」と呼ばれていた。この「菊」のたっぷり入った鍋（白ネギと豆腐も）や朝夕のすまし汁で食べていた。ポン酢（そもそも東北地方では柑橘類は育たなかった）なんて気の利いた調味料が出回っていなかったので、サーッと熱を含んだ「菊」を酢醤油と小ネギでいただいた。懐かしい味である。今ではポン酢であるが（軽く焼いて食べるのも美味い）、私にはなんとも懐かしい冬の風物詩とも言える味なのだが、そもそも腹が立つくらい高すぎる。何しろ記憶の中の「菊」は、余り物の山ほどの頂きものだったのだから。また今では、そのポン酢の種類たるや、隔世の感がある。また、焼いた「菊」のクリーミーさは、カマンベールチーズ以上かもしれない。ついでに言えば、揚げたての薩摩揚げは、別格に旨かった。そして特産の笹かまぼこのうまさは、原料である〈タラ・エゾソイ・吉次〉の割合が相当に左右していて、高級魚の吉次がどれだけ含まれているかが、うまさのグレードを決めていた（そうした水産加工業も、あの東日本大震災で多くが、失われたと聞く）。あの唱歌『野菊』の一節の「ああ白菊―、ああ白菊～よー」を空腹時に聴くと、不遜にも私には、目の前にバケツ一杯のタラの「白菊」が広がるのである。

7

食べ物の話になると、ついつい我を忘れてしまう。菊でもう一つ、『菊と刀』である。米国の日本研究家のルース・ベネディクトが、第二次大戦中に敵国日本を研究し、対日戦争戦略や戦後の統治にも生かされたという。戦後、『菊と刀』の名前で出版された。言うまでもなく、「菊」は皇室を意味し、天皇制を象徴する言葉として、名付けられた。こうした戦時中の敵国研究に余念のなかった米国に比べ、日本では徹底した「敵国語・思想の排除」は、民間にとどまらなかった。これでは、どうやって戦争に勝利するのか、その後どうしていくのかの展望が持てない戦争に突っ走っていった、そんな当時の状況を冷静に考えれば、単なる「無謀」を超えて、「積極的な無知への強制誘導政策」以外のなにものでもない。彼我の相違は、単に物理的な軍事力だけではなかった。ソフト面での圧倒的な力の差が、敗戦の大きな要因でもあった。この書では、やや西洋思想の優位性（逆に東洋思想の劣後性）が滲んでいて、現代の感覚からは違和感も禁じ得ないが、それにしてもよく研究している。

この『菊と刀』をもじって命名された樋口清之著『梅干と日本刀』（祥伝社）が出版されたのが、１９７４年の第一次オイルショックの時である。樋口氏は國學院大学の名誉教授で考古学研究で大きな足跡を残されていた。折しもこの頃の日本は、高度成長期から安定成長期への移行期にあたり、71年のニクソンショックで３６０円／＄の固定相場制から３０８円へと円安を一番享受した時でもあったが、まだまだ自信の持てる状況ではなかった。その後二度にわたるオイルショックを乗り越え、『Japan

As Number One』の一大ベストセラーで讃えられ、1985年のプラザ合意でのドル高是正でも、日本経済の躍進は止まるところがなかった。やっと日本人は、ひょっとして自分たちは本当に優秀なんだ、と180度方向転換もできそうな気分になりかけていた。しかし、それが金融政策と相まってバブル経済を惹起し、バブル崩壊以降は底の見えない低迷期に入っていくことなど、誰も想像できなかった。ともあれ、74年のこの樋口氏の著作では、躍り上がることも自虐的になることもなく、冷静に日本人を見つめ、敗戦によりこれまで失っていた日本人のプライドを、文化・社会・経済など様々な側面から、深く歴史的に掘り起こして、いち早く説得力ある形で我々に具体的に提示して見せたことにある。上中下の3巻にわけ、それぞれに副題をつけている。上巻では「日本人の知恵と独創の歴史」、中巻「日本人の活力と企画力の秘密」、下巻「いま見直される〝日本的経営〟の原点」というものだった。そして解説陣は、渡部昇一、森谷正規、山本七平だった。樋口氏のこの著書を読んだ多くの知識人が、快哉を心で叫んだことは想像に難くない。そして、同著が今日の「Cool Japan」の先駆的役割を果たしたこともまた、忘れられないことであった。樋口氏のウイットに富んだ語り口は、それからおよそ10年後の1986年から足掛け3年に亘って刊行された『逆《さかさ》・日本史』でも存分に発揮される。この本は、著者の言葉によれば、「〝なぜ〟という疑問をタテ糸にして歴史を遡っていく方法—こそ、歴史本来の姿だと私は考えている。歴史とは、単に昔を調べるだけの学問ではなく、今日を知り、明日を洞察するための、何よりの〝手がかり〟なのだから」という困難な作業に突入していく。この著作が、盟友でもあった松本清張が1976年〜刊行した『清張通史』の方法論に、大きな示唆を得てのものであったことが推察される。清張が、邪馬台国〜寧楽までの古代史を念願の通史の形で著した方法は、時代を時間軸で下っていく従来のやり方ではなく、一つのエポックメイキングな事象に焦点を当て、その時点の前後左右から多角的・多面的に事象を理解していこうといういかにも清張らしい自由な発想で「画期的」なものだった。そして樋口氏の方法論は、さらに進めて、逆進的な「画期性」を持っていた。4巻にわたる著作の裏カバーには、1巻：松本清張「逆・日本史の試みに喝采」、2巻：会田雄次「日本人の本質を説き明かす」、3巻：山本七平「巻を措くあたわず、興味津々の一冊」、4巻：堺屋太一「歴史に面白さを取り戻した快著」と、それぞれが独自の言葉で賛辞を送っている。それに樋口氏の衒いのない博識と人柄の良さもあって、左右いずれの論客からも慕われ、こうしたコメントにつながっているように思える。

ともあれ『菊と刀』は、こうした面でも日本人による日本（人）探求の糸口を与えたとも言える。

話は変わるが、料理と駄洒落が好きな私は、料理に勝手に名前をつけては、皆を笑わせていた。この『菊と刀』もその一つである。「太刀魚の塩焼」（太刀魚の身を丸め串に刺し、中に塩ウニを塗り塩焼き）と「食用菊の酢の物」（さっと茹で上げ甘酢であえる）をつけ合わせたものである。東北地方（山形・宮城）では、秋の菊の季節には、冠婚葬祭の膳に必ず菊の酢の物がついた。この舌触りと「きゅっ、きゅっ」という歯応えは、比較するものがないし、独特の香りと菊の味がたまらない。ああ、食べたい、東北に生まれ育った私の舌が忘れるはずもない。しかし、菊はもとより皇室の象徴（後鳥羽上皇の御代からとも言われている）であり、気品があって高貴なものである。そんな「菊」の種類の一つで人気のある「淡紫色」に、山形では『もってのほか』と名付けた。と、言いながらも食べるのをやめたわけではない。やはり食べ物の話に戻ってしまった。

あとがき

前作は、「死」に関するものが多かったせいもあって、随分と疲れてしまった。しかし、「後期高齢者」となった今、このことを避けているわけにはいかない。そして、残された時間をどう過ごすのが自分にとって一番いいのかを考えないわけにはいかない。「関寛斎」のように生きたいと思っても、なかなかそうはいかない。せめて、少しでも近づけるには何をしたらいいのか、そう考えても思いつかない。北海道開拓に身を投じるまでにも、十分に尊敬されうることを成し遂げてきた。それでも古希を過ぎて、極寒の未開地に赴いて、老躯を酷使して開墾作業に身を捧げ、そこに骨を埋めるべく力を振り絞ることなど、今の時代であってもそうそう実行できるものではない。ある意味「バケモノ」的人間なのだと思う。寛斎から見れば、ほとんどの人が「人の本分」から外れてしまう。仕方がない、居直って生きていくしかない。ただ、気持ちだけでも……。

そんな殊勝な気持ちの時ばかりではない。うまいものがあると聞くと、あれも食べたい、これも食べたい、できることなら、飽きるほど。そう思うと、私の目は、どこにあるかと、サーチライトのように、ネットやチラシなどあらゆる情報にあたって、それこそ日常生活ではこんな注意力が自分にもあったのかと驚くほどの集中力でもって探し出す。そこにたまたまお誘いの話があったりすると、まるで神の声を聞いたかのように、小躍りしてしまう。そんな卑しさなどとんと気にもせず、一目散に「行こう、行こう」になる。「牡丹鍋」「鴨鍋」と聞いただけで、垂涎の極みである。食べる前の想像力では、負けない自信がある。私の「悲しき性」なのである。

前作の「三橋節子」を書いた後で、もう書くとこもないかな、とある種の満足感・満腹感のあとの虚脱状態ようなものの中で、しばらくは本のことは考えないでいた。不思議なもので、さだまさしさんのことを書いた『さだまさし解体新書』を読んだ時に、また「なぜ、さださんがこんなにいい曲を立て続けに書けるのだろう」との素朴な疑問が湧いてきて、昔読んだ本を引っ張り出してきて考えていたら、ひとりでに書き始めていた。

「下山事件」の時も、私の心のどこかに眠っていたものが、テレビ・ドキュメンタリーを見た途端に、止まっていた時計の針が動き出したようだった。人間というものは、心のどこかにあった「昔の関心事」が、何かの刺激で再起動して、「今の関心事」になる、そんな出会いのような「刺激」でもあった。この「昔の関心事」を引っ張り出して考える行為は、まるで宝探しの探検旅行のようでもあり、解けなかった数学の問題が、解けるような感覚でもあって心地よい。以前の興奮とはまた違った興奮が襲ってくるのである。

一旦書き始めると、私のような「ダボハゼ趣味人間」は、連想ゲームでもするように、中途半端に興味のある話題がコロコロ変わって、困ったことにあらぬ方向にいってしまい、収拾がつかなくなる。まあ、研究者の論文じゃないのだから、「それでもいいか」と自分で納得して書いている。ただ、一つのテーマの中に、「一つでいいから自分らしい何か」を書くことができれば、「それで合格」と思い込んでいるが、果たしてできたかどうか怪しい。何がしかの成果を出さないといけない研究者は、それはそれは凄まじいプレッシャーを感じながら論文を書いているのだろうかとか、意外と私と同じような興味本位に楽しんで書いているのか、などと考えてみたりする。小説家や漫画家はどうなんだろう。どの分野の専門家であっても「こういうテーマをこう描きたい」という太い幹のような考えがあって、あとはそれに沿って、流れの中で書いていく、そんな手法なのだろうか。でもそうでなければ、「新しい研究成果」や

「人の感動」など得られないのかもしれない。そういう尺度で自分の書いたものを測ってみると、いかにも薄っぺらに見えてくる。それでも、何がしかの「主張」が、読者に読みとってもらえるのならば、素人としては満点と思うしかない。「何せ素人なのだから」、これほど力強い自己弁護の言葉はない。

佐々木保行

2024年5月

著者プロフィール

佐々木 保行（ささき やすゆき）

1948年宮城県生まれ、東北大学法学部卒。

住友電気工業（株）法務部長、住友ゴム工業（株）代表取締役専務執行役員、常勤監査役を歴任。

趣味:ゴルフ、音楽･美術鑑賞、料理、読書、海釣り、囲碁、将棋。

著書：「私の見た昭和の風景～耽游疑考」（2022年　文芸社）

「蘇る『湖の伝説』～続　耽游疑考」（2023年　文芸社）

さだまさしく天才論　～続々　耽游疑考

2024年12月15日　初版第１刷発行

著　者　佐々木 保行
発行者　瓜谷 綱延
発行所　株式会社文芸社
〒160-0022　東京都新宿区新宿１－10－１
電話　03-5369-3060（代表）
03-5369-2299（販売）

印刷所　株式会社暁印刷

ISBN978-4-286-25902-4